LES NUITS QUE L'ON CHOISIT

MARCHIALY

Éditions Marchialy, une
maison dirigée par
Clémence Billault et Cyril Gay
8, rue Léon-Jouhaux
75010 Paris
www.editions-marchialy.fr

LES NUITS QUE L'ON CHOISIT

CHRONIQUES JUDICIAIRES EN FRANCE

ÉLISE COSTA

MARCHIALY

« Si je ne les écris pas, les choses ne sont pas arrivées à leur terme, elles ont seulement été vécues. »

Annie Ernaux

« Il ne faut pas regarder l'honnête homme de trop près si vous tenez à lui conserver votre estime, ni le scélérat si vous tenez à lui conserver votre mépris. »

Jean Rostand

À ma fille qui, quand j'écris,
m'écrit aussi
et glisse ses petits mots
sous la porte
de mon bureau.

NOTE DE L'AUTRICE

Tous les événements et toutes les personnes cités dans ce récit existent ou ont existé. Tout est vrai. Mais cette histoire est, comme tous les récits écrits à la première personne, avant tout ma propre vérité.

Ainsi, j'ai relu mes carnets d'audiences, fouillé dans mes anciennes photos, conversations et notes personnelles, et convoqué mes souvenirs en écoutant la musique qui m'avait servi à raconter certaines affaires. Dans un souci de cohérence du texte, certains détails chronologiques ont été modifiés, sans que cela ait d'incidence sur les faits. Vous vous demanderez sûrement si les affaires criminelles relatées ici ne seront pas trop dures à lire. Mon curseur du sordide étant cassé depuis longtemps, je ne peux pas répondre à cette question. Mais je peux vous promettre, en revanche, que le crime n'est pas la raison d'être de ce livre. Le crime n'est qu'un prétexte. J'espère qu'en le refermant vous en saurez plus sur l'humanité et l'inhumanité en chacun de nous.

C'est la dernière fois que je raconte cette histoire, la dernière fois que je dis : « Tout a commencé », car je me rends compte que, chaque fois, je cherche un nouveau détail, une autre sensation qui a pu me parcourir pour enrichir le récit.

0

29 mars 2019 – 14 h 15

M. Dejean, après en avoir délibéré, la cour vous déclare coupable des faits qui vous sont reprochés. (Cris de stupeur.)

Dans les toilettes du palais de justice, une goutte de sang tombe dans le lavabo. Un instant, elle s'agrippe à la céramique blanche, puis glisse vers le siphon. Je relève la tête vers le miroir. Un mince filet de sang coule de ma narine. Le distributeur de papiers ne fonctionne pas. J'ouvre le robinet d'eau, m'essuie en toute hâte d'un revers de main et sors. Assise sur un des bancs en béton du tribunal, je laisse mon regard se perdre dans le vide. Chaque salle des pas perdus est unique en son genre, mais toutes ont le même mouvement. Un mouvement semblable aux halls de gare. Des hommes de tous âges et des femmes issues de tous les milieux qui, poussés par le vent extérieur, arpentent les couloirs. Excepté qu'ici, leurs bagages sont invisibles. Je les vois trainer leurs ambitions, leurs anxiétés héréditaires et leurs prétentions à une vie meilleure.

Entre les colonnes de marbre, je fixe la porte de la plus ancienne salle d'audience du palais. Un avocat la tire de l'intérieur et en sort. À la lueur des lampes, j'entrevois les murs drapés de velours bordeaux et le bois. Le bois austère du pupitre au centre de la salle. Un après-midi de 1994 me revient. Je suis allongée, à moitié nue, sur une table d'examen en bois. Ma mère attend dans la pièce à côté, les radiographies posées sur ses genoux. Un homme en blouse blanche me dit de ne pas m'inquiéter. Je sens qu'on retire les planches de la table, une à une. Des bandes de plâtre humides sont enroulées autour de mon torse. Ma peau se recroqueville sous leur texture froide et poisseuse. Je pleure un peu. L'homme en blouse blanche est désolé, je le vois à ses yeux. Je n'ose pas lui dire que c'est le fait d'être seule. Il y a tant de monde que je me sens seule. Peu de temps avant, dans son grand bureau, le grand professeur du grand hôpital parisien avait posé le diagnostic : importante scoliose dorso-lombaire à double courbure. Il avait appelé tous ses internes pour leur montrer : « Notez cette remarquable compensation. » Cela voulait dire : à l'œil nu, personne ne peut soupçonner ce qui se trame à l'intérieur. Loin d'être affolée – car à 12 ans les émotions ne pénètrent pas le cerveau de la même façon –, j'avais eu l'impression d'avoir un superpouvoir. Sur la table en bois, je comprends que si les contours réels d'une personne sont invisibles, ils n'en sont pas moins redoutables. Dans le jargon médical : scoliose idiopathique. Cela veut dire : qui n'a pas d'origine connue. Elle n'a pas de raison d'être.

La porte de la salle d'audience se referme. Je vois le soleil glisser sur les colonnes en marbre. Je prends une longue inspiration. Je soupire souvent. Non par lassitude, mais parce que, quand mes pensées naviguent au large, j'en oublie de respirer et mon corps doit me rappeler mon immobilité. Cette façon de rester là à attendre m'insupporte.

Le procès est fini et je devrais me lever, rentrer chez moi et écrire. Ce n'est qu'un travail, pas vrai ? Mais aucun chroniqueur judiciaire ne sait quand son travail se termine vraiment. Il peut toujours se passer quelque chose. Un cri déchirant à faire envoler les oiseaux, un déferlement de joie sur le parvis du palais de justice, des larmes de soulagement aux micros des journalistes. Jamais un revirement de verdict. Et pourtant je pense : ils vont tous revenir. Un homme n'est pas condamné à vingt ans de réclusion criminelle avec si peu d'éléments. Ce n'est pas censé se passer comme ça. Je connais les mécanismes de la stupeur, du déni et des pensées irrationnelles. Je les ai vus de mes propres yeux. Cela fait trois ans que je les retranscris dans des articles de la longueur de fleuves. Je les identifie si bien chez les autres que j'en oublie leur principale singularité : ils sont indétectables par la personne concernée. Tout comme je ne reconnais pas le déni qui me traverse. *Notez cette remarquable compensation.* Je préfère me jouer une autre scène. Les magistrats, les gendarmes et les jurés vont revenir. L'huissière d'audience remettra sa robe à la hâte, ses talons claquant contre le sol. Les traits tirés, les jurés reprendront place dans leur siège en velours gris. Le président de la cour d'assises, accompagné de ses deux assesseurs, demandera à l'accusé de se lever et, comme un seul homme, les policiers de l'escorte se mettront à leur tour debout dans le box pour l'encadrer. Alors, la cour expliquera s'être trompée. Elle dira son empathie pour les parties civiles, sa volonté de les aider à trouver la paix, qu'importe le coupable, et son désir d'en finir au plus vite. Les jurés voulaient juste rentrer à la maison.

Deux semaines de procès d'assises, c'est long, pour ne pas dire interminable.

Juste avant qu'ils ne partent délibérer, l'avocat général avait regardé les jurés un à un: « Mesdames et messieurs, au cours de ces débats, j'ai cru lire une question sur vos visages, pourtant impassibles et neutres comme il se doit pour tout juge, dans le clair-obscur de cette salle d'audience qui est tellement à l'image de ce dossier: "Que feriez-vous à notre place, monsieur l'avocat général?" Et je vous répondrai très exactement ceci: "En l'absence de preuves suffisantes de sa culpabilité et du doute raisonnable que cela induit sur celle-ci, et pour cette seule raison qui renferme toute la mesure de notre devoir commun, vous devez répondre négativement à la question qui vous est posée, celle de la culpabilité de Laurent Dejean, et par conséquent l'acquitter." »

L'avocat général s'était rassis, les yeux creusés. Par le passé, je l'avais vu foudroyer des accusés dans le box. Je l'avais entendu requérir des réclusions criminelles à perpétuité, parce qu'il le fallait, et il m'était même arrivé d'entendre un faible rire sarcastique s'échapper de sa gorge, parce qu'il n'avait pu le contrôler. Mais ce matin, émergeant de sa robe rouge bordée d'hermine, son front était brillant d'une lueur que je ne lui avais jamais vue. Dans cette affaire, le doute devait profiter à l'accusé. Ce n'était pas l'issue la plus satisfaisante, c'était la plus juste.

Le président de la cour d'assises avait alors lu d'une voix solennelle l'article 353 du Code de procédure pénale sur l'intime conviction, la loi qui « prescrit [aux jurés] de s'interroger eux-mêmes dans le silence et le recueillement et de chercher, dans la sincérité de leur conscience, quelle impression ont faite, sur leur raison, les preuves rapportées contre l'accusé. »

Seulement, des preuves à charge contre Laurent Dejean, il n'y en avait pas. Pas d'ADN, pas d'aveu, pas de mobile et des témoignages changeant au fil des auditions. Peut-être que les gendarmes avaient attrapé le bon type, peut-être pas. Il n'y avait aucun moyen de le savoir avec certitude. À la lecture, le président aurait dû appuyer sur les mots « sur leur raison ». S'il l'avait fait, les choses se seraient passées autrement. Les jurés auraient mis de côté leurs émotions, la douleur des proches de la victime et la syntaxe atypique de Laurent Dejean. Le verdict aurait été différent.

Je ne sais depuis combien de temps je suis assise sur le banc en béton. Assez pour voir que personne ne revient. À travers les grandes baies vitrées donnant sur le parking extérieur, le soleil a maintenant glissé dans le caniveau. Je vois le dernier juré monter dans sa voiture, un léger sourire aux lèvres. Peut-être a-t-il le sentiment du devoir accompli. À moins qu'il ne pense à la personne qui l'attend chez lui. Quand sa voiture démarre et tourne au coin de la rue, c'est vraiment fini. La salle des pas perdus s'est vidée. En moi, les bruits se sont tus aussi. La phrase « Faites qu'ils reviennent » a cessé de tourner en boucle dans ma tête. Dieu existe toujours pour ceux qui n'ont plus d'autre recours. Pour Laurent Dejean, il y aura un appel dans deux ans, un an et demi au mieux. Dehors, les lumières de la rue s'allument. Je me lève enfin. Au bout du compte, même les chroniqueurs judiciaires finissent par rentrer chez eux.

À la lumière de mon bureau, j'écoute la maison endormie. Mes yeux se posent sur ma bibliothèque. Sur l'étagère de gauche, un portrait de Dolly Parton est posé contre une machine à écrire semblable à celle que ma mère avait dans notre appartement autrefois. De part et d'autre du cadre sont entassés des ordonnances de mise en accusation, des procès-verbaux surlignés et des dizaines de calepins de notes parsemés de marque-pages sous la forme de Post-it colorés ou de tickets de carte bancaire. La vision de cette montagne de papiers m'apaise. Elle est un rempart. Un simple coup d'œil me suffit à deviner quel cahier a servi à quel dossier. Après quatre ans à écumer les palais de justice de la France entière, j'avais trouvé le carnet idéal, le Rhodia tissé, couverture souple, ligné 80 g, format A5. Les stylos Bic étaient des stylos de secours, car le chroniqueur judiciaire n'a jamais assez de stylos, mais mon préféré était le Muji à encre gel noir, bille 0,5 mm.

Dans un de mes premiers carnets à spirale, j'avais noté cette phrase : « Dans ce milieu, au début on se méfie de vous. Ensuite, on vous tolère. Et à la fin, on vous accepte. » Le monde judiciaire était un sacerdoce, mais il en valait la peine. Les insomnies, l'alcool, la paranoïa, les doigts rendus gourds par la prise de notes frénétique, les vertèbres brisées par les trajets en train, les lits d'hôtel miteux et les bancs des palais de justice – car de Caen jusqu'à Nice, ils sont uniformément raides et inconfortables –, tout ça en valait la peine. Les certitudes rendent fou, disait Nietzsche, et la plus importante récompense qu'offre ce métier, c'est le doute : je sais désormais que rien de l'existence n'est simple, et encore moins évident. Le doute est autant un calvaire qu'une bénédiction.

En temps normal, je préfère attendre que le procès se décante avant d'écrire mon papier, mais ce n'est pas une règle absolue. Il arrive que les conditions soient réunies pour composer d'une traite. Le calme et la fraîcheur de la nuit en font évidemment partie. Avec un peu de chance, je pourrai envoyer mon article sur le verdict au bureau de la rédaction d'ici à quelques heures, pour espérer une publication dès le lendemain. Il viendra clore ma série sur le procès de la joggeuse de Bouloc, et je pourrai passer à autre chose. Ça devrait aller vite. Il n'y a pas de morale dans cette affaire, les morales dans les dossiers criminels, ça n'existe pas, pas plus que les saints ou les démons, les héros ou les monstres. Comme chaque fois, c'est une histoire de gens ordinaires.

1

Je n'ai jamais voulu être journaliste. Ce serait presque tentant de dire que ça m'est tombé dessus, car en un sens, c'est le cas. Je pourrais parler de hasard, de rencontre ou d'accident, insuffler de la magie, écarquiller les yeux en amorçant par un « C'est fou parce que ce jour-là... » Ce serait agréable de croire que tout est écrit d'avance, parce que, alors, je ne serais pas là pour rien. Mais ma bascule, au fond, ressemble à toutes les autres. Il n'y a pas d'alignement des astres. Avant que je ne bascule de l'autre côté, ce sont mes propres pas qui m'ont menée jusqu'au bord.

Peu avant Noël 2007, à la tombée de la nuit, un satellite clignote dans le ciel. Je l'observe, allongée sur mon clic-clac bleu marine Ikea. Je suis hypnotisée par sa trajectoire. Mis à part le balcon, qui donne sur un bois sombre, mon nouvel appartement a la froideur des lieux fraîchement investis. Je viens d'emménager à Toulouse après avoir fini des études de droit. Elles s'étaient déroulées au prix d'un effort surhumain, mais au fil du temps, j'avais fini par m'attacher à cette discipline. Le droit possède sa propre langue et j'adorais le droit aérien, au point de vouloir en faire ma spécialité. Jusqu'à l'oral de quatrième année. Dans un préfabriqué aux murs coquille d'œuf, j'avais tiré le sujet dans un chapeau. Un instant, j'avais balbutié, car à 22 ans, vous jouez votre vie en permanence, puis tout à coup, mon cours m'était revenu. J'avais parlé du contrôle de navigation des aéronefs, de la convention de Chicago, des lois relatives à l'immatriculation des satellites. J'aurais pu me lancer sur le statut légal des *nuages* s'il avait fallu. Rien ne pouvait m'arrêter, ni ici ni ailleurs. À la fin de mon exposé, mon professeur m'avait regardée d'un air chaleureux et désolé. Il avait tapoté des doigts sur la table, caressant sa barbe de l'autre main. Il n'était pas impressionné, je le sentais bien. Il avait dit : « Bon, c'est très bien tout ça, mais vous prenez trop le droit pour argent comptant, vous devriez vous en détacher. » Je n'avais pas compris. L'avouer aurait été un échec supplémentaire, alors je m'étais contentée de hocher la tête. J'étais partie avec la certitude, ou la promesse faite à moi-même, de ne plus m'approcher d'un texte de loi.

Le satellite tourne longtemps. Les pieds posés sur la table basse, mon ordinateur sur les genoux, j'écris le mot *se détacher.* D'aussi loin que je me souvienne, les mots ont toujours fait partie de moi. J'écris partout et tout le temps. Ce soir-là, je décide de raconter l'histoire de filles tatouées qui relancent la photographie de nus façon *Playboy*. Aux États-Unis, leur succès est tel qu'elles ont monté un show burlesque et font la première partie des Guns N' Roses. L'écriture se fait d'une traite. Je ne sais dire comment l'inspiration a surgi. C'est une sensation à la fois invisible et presque douloureuse, semblable à celle que l'on ressent lorsqu'on entre dans un tableau. Le monde autour de nous disparaît. Je publie mon texte sur une plateforme gratuite en ligne.

L'article n'est plus disponible aujourd'hui, mais à l'époque, il est suffisamment lu pour être repéré par des rédactions. Je ne sens pas le tournant arriver. Je me contente de dire oui à tout. Peu importe le sujet, tant que cela me permet de payer mon loyer, j'accepte d'écrire. Les billets d'humeur sur la signification de l'*it-bag*. Les textes sur les assurances voyage. Les brèves sur Anna Nicole Smith, la dernière série télévisée en vogue ou une vieille dame sauvée par une livreuse de pizzas. Le bouche-à-oreille fonctionne à plein régime. C'est comme gagner au loto, sans le gros lot : chaque papier est payé une misère. À cet âge-là, j'imagine qu'il me suffit de raccourcir mes nuits. La fluidité du premier papier était une illusion. Ou un appât. Écrire professionnellement n'a rien à voir avec ça. J'apprends sur le tas. J'apprends d'abord à me méfier de mes impulsions et de l'air du temps, à ne pas écrire en colère, puis à faire des recherches, à aller voir sur place. Mes papiers sont trempés de sueur et de leçons apprises au fil des erreurs. Mes sujets préférés sont ceux *a priori* sans importance. Les traiter avec sérieux, de façon quasi universitaire, devient ma spécialité. Un jour, j'envoie un papier de commande à un magazine. Le directeur de la rédaction répond à son équipe en oubliant de m'enlever de la boucle. Il déclare que c'est tout ce qu'il ne veut pas. À la fin de son message, il écrit: « Ce papier est l'antithèse du journalisme. » Je me dis: voilà, très bien, c'est ça mon truc.

Peu à peu, les individus prennent le pas sur les sujets de société. Je vais à la rencontre des péquenauds, des excentriques, de celles et ceux qui ont une idée fixe. Dans les Ardennes et le Tarn, je parcours les places de village l'été et les salles des fêtes l'hiver à la recherche d'adeptes de danse country. Sur une table de pique-nique à côté de moi, une jeune femme ricane: « Est-ce que vous ne trouvez pas ces gens pathétiques? » J'avale une gorgée de Jupiler et réponds: « Pas du tout, ils sont super. » Je le pense vraiment. Sur une plage ensoleillée du Sud-Est, durant trois jours et trois nuits, je couvre un festival international de sosies où un Belge de 18 ans ressemble à s'y méprendre à Elvis Presley. Le 21 décembre 2012, à Bugarach, un hameau de montagne perdu au milieu des Pyrénées cathares, j'attends la fin du monde selon une interprétation du calendrier maya. Une habitante nous offre, à moi et à une équipe de télévision allemande, le gîte et le couvert, tandis que sous un torrent d'eau les gendarmes encerclent les chemins de randonnée menant au pic de Bugarach. Le mois suivant, l'apocalypse n'ayant finalement pas eu lieu, je prends la route en direction de la base militaire des Landes. Au cœur de la forêt, dans la lumière de l'aurore filtrant à travers les pins, le fauconnier de la base me confie un secret. Je passe une journée avec un chasseur d'orages reclus au fin fond du Gers. Sur la dernière étagère de sa bibliothèque, je vois sa collection d'ouvrages sur les ovnis. Il finit par concéder: «À force de regarder le ciel, on y voit des choses que l'on n'explique pas.» Alors, j'assiste à une des rencontres ufologiques qui se tiennent tous les premiers mercredis du mois au Flunch. Le comité pluridisciplinaire du Geipan, qui est présent, est pris à partie pour son enquête sur la nuit du 5 novembre 1990, quand des centaines de témoignages recensant des ovnis avaient afflué à travers la France. (À l'époque, le rapport du Geipan avait conclu à la «rentrée atmosphérique d'une fusée russe».) À la sortie du Flunch, les ufologues s'agacent, tandis que l'expert en statistiques tente de leur expliquer: comment une personne qui, elle, n'a pas vu peut-elle être objective? «Chaque témoignage était différent, certains l'ont décrit comme un gros monstre lumineux avec des pattes.»

En vacances sur les routes américaines, je fais un détour pour passer un après-midi avec un libraire nudiste de 70 ans. Paul Winer occupe un vaste entrepôt au milieu du désert de l'Arizona. Il y vend des essais d'occasion, des romans en italien, d'anciens magazines de *Rolling Stone*, des cartes postales, des livres sur Jésus, sur les mineurs au XIXᵉ siècle, les aliens, quand ce n'est pas sur les trois à la fois. Pour seule tenue, il arbore une longue barbe blanche et un string rehaussé d'un coquillage. Au milieu de sa boutique, il y a un piano. Paul Winer est musicien. Sur un tourniquet près de la caisse, il vend ses disques de blues.

Pendant que nous déambulons dans sa librairie, je remarque, accrochée au-dessus des livres rares, la photo d'une enfant aux cheveux courts. À la naissance de sa fille Celia, Paul et sa femme Joanne avaient décidé de lever le pied. La vie de van pour jouer dans les bars était peu compatible avec celle de parents. Un matin, ils s'étaient arrêtés à Quartzsite, un patelin de passage pour les routiers et les saltimbanques, situé entre Phoenix et Los Angeles. Sur le marché, Paul avait posé par terre une caisse de livres donnés par sa mère. Elle voulait s'en débarrasser. Il avait tout vendu en quelques heures. Le père de famille s'était donc mis à en chercher d'autres pour les revendre. Tout partait entre 50 cents et un dollar. Il avait ainsi échangé, troqué et fouillé les poubelles à la recherche de livres jusqu'à ouvrir sa propre librairie, baptisée « Les Livres Oasis du Lecteur ». Puis Celia était morte d'une péricardite aiguë, à l'âge de 7 ans. Paul et Joanne ne se voyaient pas quitter cet endroit, alors ils étaient restés.

Ce n'était pas un secret. Pourtant, l'article écrit à mon retour en France n'y fait pas mention. À aucun moment Paul Winer ne m'avait parlé de sa tristesse. Il n'avait parlé que du ravissement d'être père et de toutes les fissures que vous ne soupçonnez pas avoir en vous, jusqu'à ce qu'une petite fille vienne les combler. Il était reconnaissant d'avoir eu ces années-là. L'observation impose aussi de garder des choses pour soi, et je voulais garder pour moi le malheur de cet homme qui, telle Pénélope, époussetait chaque jour ses livres couverts de sable pour les remettre en rayon. Sa pudeur de libraire nudiste, elle se trouvait dans ce deuil-là. Je l'ai revu l'année suivante, où je lui ai annoncé que j'attendais une petite fille, et sept ans après, au cinéma, dans une scène du film *Nomadland* de Chloé Zhao, il joue du piano face au projecteur d'un bar enfumé, souriant sous son chapeau de cow-boy, tout habillé.

Observer, archiver, trier les informations. Chaque reportage est une réponse à l'énigme : « Un arbre fait-il du bruit quand il tombe, si personne n'est là pour l'entendre ? » Pour le savoir, il faut pénétrer dans les profondeurs de la forêt. Je suis là pour raconter le bruit des autres. Chaque fois, je m'enfonce un peu plus loin dans la forêt pour l'entendre. D'une certaine manière, côtoyer des gens prodigieux, par leur destinée ou leurs infortunes, c'est souhaiter la contagion. Vous espérez emporter un morceau d'eux. Mais écrire, c'est toujours écrire qui l'on est. Un mot est un choix. Une tournure de phrase, un adjectif ou une métaphore en disent plus long sur vous que sur le sujet du papier. À mon sens, l'écriture est toujours subjective. À force d'entendre parler de l'objectivité du journaliste, je me refusais à réclamer ma carte de presse, de peur d'être hypocrite. J'ai lu récemment une interview de la philosophe Martha Nussbaum où elle se demandait si la culpabilité engendrait la créativité. En y repensant, c'était probablement mon cas. L'écriture était aussi mon mécanisme de défense. Je refusais de quitter Toulouse, et les seuls journalistes que je connaissais travaillaient à Paris. Ils rêvaient de poser la question impertinente, de bouleverser la société, d'obtenir des interviews exclusives, de rencontrer des gens qui ont de l'importance, mais plus encore : ils souhaitaient participer à l'intérêt général. Ils étaient faits pour ça. Pour l'affrontement.

Ils donnaient l'impression d'être dans le présent plus que n'importe qui. Ils participaient à l'ordre des choses là où, finalement, j'étais obsédée par une seule question : pourquoi les gens font-ils ce qu'ils font ? Je voulais savoir ce que l'homme était prêt à accepter, ce qui le changeait, et la manière dont il avançait malgré tout, parce que moi-même, je n'en avais aucune idée.

2

Il paraît que la peur engendre deux types de comportement chez les êtres humains : certains fuient, là où d'autres sont prêts à se battre. Cet été-là, j'ai fui.

Pour se rendre à Soulac-sur-Mer, il faut traverser tout le Médoc, ses vignobles et ses forêts de pins, jusqu'à atteindre la pointe nord de l'estuaire. Dans les années 1990, quand nous nous y rendions pour les grandes vacances à bord de notre Opel bleu marine, je pouvais lire, sur la façade d'une vieille bâtisse au bord de la route départementale, en grandes lettres peintes :

Crêpes.

Merveilles.

Boudin des familles.

Ce mois d'août 2015, l'inscription est toujours là. Et j'espère que, comme lorsque nous étions enfants, les grandes vacances auront un goût d'éternité. C'est un soir d'orage. Au son du déluge, je réfléchis au-dessus de la table en toile cirée. La télévision ronronne dans un coin de la pièce. J'essaie d'écrire le moins de banalités possible sur mes cartes postales, même si je me sens sur le seuil de quelque chose. Depuis plusieurs mois, une angoisse s'est emparée de mon corps. Elle est entrée par ma colonne vertébrale et de là s'est infiltrée dans le ventre, remontant jusqu'au plexus solaire. Ce qui m'attend me terrifie. Ou plutôt, devrais-je dire, ce qui ne m'attend pas. Je me sens incapable de faire mieux. Plus vous écrivez, plus vous devenez bon. Il n'y a pas de subterfuge. J'avais écrit de très mauvais papiers et, de temps à autre, des papiers épatants. C'était une course de fond. Mais ma dernière expérience avait tourné au fiasco. J'avais très envie de travailler pour un magazine adepte des longs formats. Leurs reportages étaient excellents, et leurs sujets ne se cantonnaient pas à l'actualité. J'avais pensé que si mes papiers y étaient publiés, alors une nouvelle étape serait franchie. Immédiatement, ils avaient accepté toutes mes propositions de sujets. Nous étions faits pour nous entendre. La rédaction logeait dans un immense sous-sol parsemé de néons. Lors de mes passages à Paris, je m'y rendais pour écrire. Au troisième ou quatrième papier, le vernis s'est mis à se fissurer. Le rédacteur en chef m'avait proposé un sujet qui devait faire la couverture du magazine. Pour une raison que j'ignore, il avait insisté pour que nous soyons trois à bûcher dessus. Ce n'était pas un travail d'équipe pour autant : l'organisation était bancale, la paye mauvaise — 60 euros la page, à diviser en trois —, et l'ambiance sarcastique. Les deux autres journalistes répétaient : « On est le meilleur magazine du monde », ce qui, selon les heures, sonnait tel un leitmotiv ou un avertissement. Je ne sais pas si c'est eux qui ne voulaient pas de moi, ou moi qui ne voulais pas d'eux. Le papier est tombé à l'eau. Je ne renonçais pas pour autant. Un matin d'automne, je m'étais rendue au sous-sol avec mon carnet bourré d'idées de reportages. Sur les tables en bois, le dernier numéro fraîchement sorti de l'imprimerie était posé en pile. En l'ouvrant, je vis un des papiers que je leur avais vendu des mois auparavant. Ils l'avaient largement coupé. Naïvement, je n'avais pas un seul instant envisagé qu'ils puissent l'amputer sans m'en parler. Penser un texte en équipe est une discussion agréable à avoir. J'aime échanger sur les points-virgules, les concordances de temps et la syntaxe en général. J'étais déçue, sans être vraiment surprise. Quantité de journaux excluent leurs pigistes du processus d'édition, qui est encore un tout autre métier. J'allais refermer le journal quand mes yeux tombèrent sur la signature. Le papier était signé Élisa Costa. Je levai la tête et regardai autour de moi. Les journalistes, les rédacteurs en chef, les éditeurs, tous étaient habillés de la même façon. Ils employaient les mêmes expressions, vivaient dans les mêmes arrondissements de Paris, se rendaient dans les mêmes restaurants pour déjeuner. Leur assurance tenait à cette entité. Au fond, ils n'étaient qu'une seule et même personne.

Face à moi, l'un des rédacteurs en chef a ri : « Ah oui tiens. C'est pas mal aussi, Élisa Costa.

— Mais ce n'est pas mon nom », ai-je rappelé après un long silence.

Dans ce qui fut notre dernière conversation, ils me dirent : « Tu écris bien pour une fille. » Je ne voyais pas bien quelle réponse donner en retour. J'ai simplement arrêté d'y aller, et personne n'a demandé de mes nouvelles. J'avais besoin de rebondir, sans savoir comment m'y prendre. Je n'arrivais même plus à me souvenir des raisons qui m'avaient poussée à écrire. J'avais besoin d'une pause. De revenir aux fondamentaux. Je me suis mise à écrire pour moi. Durant des mois, j'ai écrit des nouvelles et des poèmes. Ce genre de manuscrits est impubliable et cette réalité m'est très reposante. En exergue d'un de mes recueils, cette citation de Denis Johnson tirée de *Déjà mort* : « Tout ce qui va du désagrément mineur à la tragédie universelle est OK. Et tout ce qui améliore l'ordinaire – jusqu'au gros lot touché à la loterie ou le retour de Jésus – est super. » Je ne pensais pas qu'elle serait prophétique.

À la télévision où passe le *Journal de 20 heures*, les toits de Toulouse défilent sur l'écran. Je reconnais ma ville : les boulevards jusqu'au quartier Arnaud-Bernard, le marché Cristal, la basilique Saint-Sernin. Le corps d'une étudiante a été retrouvé chez elle. La jeune femme n'avait plus donné signe de vie depuis une semaine. Alertés par sa mère, les pompiers sont entrés par le toit, forçant le Velux de son studio situé au troisième et dernier étage d'un immeuble du centre-ville. Le cadavre de la jeune femme a été découvert en position fœtale et en décomposition dans une malle remplie d'acide. L'enquête est en cours. Combien de fois un fait divers avait-il traversé ainsi mon quotidien ? Une nouvelle investigation dans l'affaire Grégory, entendue à la radio dans les bouchons, une nouvelle piste dans l'affaire Xavier Dupont de Ligonnès, lue dans le journal local au déjeuner, un documentaire sur Patrick Dils, visionné tard dans la nuit sur une chaîne de la télévision publique ? Je repose mon stylo sur la table et attrape la télécommande pour monter le son de la télévision. Le nom de l'étudiante tourne en boucle sur les chaînes d'information. Eva Bourseau. C'est un nom facile à retenir, ou qui marque facilement les esprits, je ne sais pas. Je ne saurais dire non plus ce qui change en moi. Un mouvement imperceptible, de l'ordre de la réorganisation. Cette nuit-là, je ne dors pas. Au loin, j'entends le bruit des vagues, le ventre de la mer qui ne dit rien d'autre que ça, qu'à l'heure où certains voient leur vie s'effondrer, la terre continue de tourner. Un souffle chaud me parcourt les muscles. C'est une intuition sourde qui, bientôt, se cristallisera en une phrase claire et distincte : *un jour, j'écrirai l'histoire d'Eva Bourseau.*

3

La situation familiale d'Eva Bourseau me touche : elle est fille unique. Comme je le suis. Comme ma propre fille l'est. Huit mois plus tôt, une sage-femme l'avait posée sur ma poitrine. Sa peau était chaude. La sensation était celle d'un cinquième membre qui aurait poussé sur mon corps. Elle faisait partie de moi. J'aurais pu jurer que, tous les matins et toutes les nuits de ma vie, je m'étais déjà réveillée et endormie avec elle. Alors que je scrutais ses petits cheveux noirs, une phrase de ma mère m'était revenue : « Quand tu as un enfant, si on te dit d'aller à Rome à pied, tu vas à Rome à pied. »

Dans la chambre de la maternité, j'avais réalisé: ma mère répète volontiers les mêmes choses, mais les phrases importantes, elle ne les dit qu'une fois. Désormais, je pense tout le temps aux parents d'Eva Bourseau. Je me dis: ces pauvres parents, dans quel état sont-ils?

Les jours qui suivent, de nouveaux détails émergent dans les journaux: le corps plongé dans l'acide chlorhydrique durant sept jours, la fracture du crâne à l'origine du décès, les soirées étudiantes dans le petit appartement niché sous les toits, le trafic de drogue. Les parents d'Eva Bourseau, à quoi pensent-ils? Que sont devenues leurs journées depuis la perte de leur enfant?

Deux jours après la découverte, la presse mentionne un jeune homme s'étant présenté au commissariat avec des informations, puis quatre personnes en garde à vue – trois hommes et une femme âgés de 19 à 23 ans, sans antécédents judiciaires – et un meurtre inspiré de la série américaine *Breaking Bad*. Quarante enquêteurs sont mobilisés. Derrière le trafic de drogue, ils découvrent le nom des deux principaux suspects: Taha Mrani Alaoui, 21 ans, et Zakariya Banouni, 19 ans, étudiants brillants en prépa maths sup maths spé. «Pendant sept jours, les suspects sont revenus. Pour constater la dissolution du corps, pour nettoyer, pour voler également», détaille le procureur lors d'une conférence de presse retranscrite par *La Dépêche*. Un troisième homme est considéré comme le «donneur d'ordre». Poursuivis pour assassinat, ils sont tous en prison et risquent la «réclusion criminelle à perpétuité». Les parents d'Eva Bourseau, où sont-ils? Arrivent-ils seulement à pleurer?

Fin août, à Toulouse, la chaleur n'est pas retombée. Je commande probablement une Budweiser, car c'est ce que nous prenons toujours, mon amie Anaïs et moi, à cette terrasse de café. Dans la moiteur de la ville, un tas de rumeurs circulent : Eva Bourseau aurait été une junkie, les enquêteurs auraient retrouvé des petits sapins désodorisants suspendus au plafond de son appartement, façon *Seven*, afin de masquer la puanteur du corps en décomposition, les voisins de l'appartement seraient en train de déménager. Anaïs connaît bien un des commandants de police du commissariat de Toulouse. Elle lance : « Tu sais, l'une des meilleures amies d'Eva Bourseau a appelé le central parce qu'elle se fait harceler sur son lieu de travail, une librairie à deux pas d'ici. Son téléphone sonne tous les jours. Ils débarquent à la librairie, demandent si elle est là. Ils veulent constamment lui parler et elle ne sait plus quoi faire, elle ne sait plus gérer. »

Je ne suis pas sûre de bien comprendre. C'est qui « ils » ?

« Les journalistes, reprend Anaïs. Le central lui a répondu qu'ils ne pouvaient rien faire, il n'y a rien à faire dans ces cas-là, si ce n'est attendre que ça passe. »

Je pense : cette fille doit faire le deuil de sa meilleure amie, et pas un ne lui demande comment elle va, elle. Qui s'intéresse à son quotidien chamboulé, à ces images qui doivent sans cesse la percuter au réveil, dans son sommeil, dans la rue ? À quoi ressemble cette vie-là ?

À partir de ce jour, l'amie d'Eva Bourseau ne me quitte plus. Durant des semaines, probablement des mois, elle me rend visite, une silhouette fantasmagorique aux cheveux clairs qui ne me regarde jamais, puisque cela supposerait que je connais son visage. Alors, un matin, pour mettre fin à ces hallucinations, je cherche à la contacter.

Un soir d'hiver, la machine à laver tombe en panne. J'enfonce les serviettes de toilette au fond d'un sac plastique et le jette dans le coffre de ma voiture, la poche pleine de pièces de monnaie. Entre deux chapitres d'un roman ennuyeux sur la disparition d'une auto-stoppeuse, je relance le sèche-linge. Dans mon blouson, mon téléphone vibre. Nouveau message. L'amie d'Eva Bourseau m'a répondu. Elle est d'accord pour me parler.

4

Quand une personne accepte de me rencontrer, c'est une phase de joie, de soulagement aussi, car je vais enfin avoir des réponses à mes questions. Viennent ensuite, dans l'ordre: l'adrénaline, la concentration et l'anxiété. Il n'existe pas de formation qui explique comment s'adresser à une victime. De même, la déontologie journalistique est un concept flou: au-delà des grandes lignes morales — vérité, intégrité et exactitude —, chaque personne dispose de sa propre éthique et de son nuancier de valeurs. Êtes-vous prêts à tout pour trouver la vérité? L'exactitude des faits peut-elle tenir en quelques phrases? Avant de poser ses questions, le journaliste se doit de s'en poser à lui-même. Comment écrit-on le crime? Quelles sont les frontières du malheur, où commence et où s'arrête-t-il?

Je me mets à accumuler les livres sur le deuil et le traumatisme et prends des notes pour préparer mon entretien avec l'amie d'Eva Bourseau. Première leçon : ne pas dire : « Je comprends. » Ne jamais dire : « Je vois. » Ne pas utiliser ce genre de phrases toutes faites pour ponctuer la conversation. Je ne vois rien, ne sais rien, ne suis à la place de personne. Un matin, en quête de draps, je monte au grenier. Au fond d'un vieux carton de déménagement, je tombe sur mes anciens cours de droit. Leur état de conservation est étonnant. Ils n'ont pris ni la poussière ni l'humidité. Si le droit n'était pas une matière aussi mouvante, ils pourraient dater d'hier. Je me mets à les feuilleter, comme ces albums photos de famille que l'on connaît par cœur, mais qu'on prend plaisir à redécouvrir. Qu'est-ce qui était important à l'époque ? Je relis les passages surlignés. Un détail me saute alors aux yeux. Les éléments essentiels, tels que les définitions théoriques, les articles de code ou encore les sources, sont vierges de Stabilo. L'encre, du jaune au rose en passant par le vert, couvre les exemples. Les cas particuliers. La jurisprudence. Tout au long de mes études, je m'étais concentrée sur les histoires. Souligné en rouge, un vers de Virgile tiré du livre II des Géorgiques : *« Felix qui potuit rerum cognoscere causas. »* Heureux celui qui a pu pénétrer la raison des choses. Je descends précipitamment l'échelle du grenier. Je sais quelles questions poser à l'amie d'Eva Bourseau : il faut m'enquérir des petites choses. C'est en regardant les petites choses que l'on voit les grandes.

5

Devant le panneau vitré du long couloir de l'Institut de criminologie et de sciences pénales, je note l'emploi du temps. Lundi, médecine légale. Mardi, police technique et scientifique. Mercredi, psychiatrie et psychologie criminelle. Jeudi, application des peines en milieu carcéral, et un vendredi sur deux, pratiques des droits de la défense ou droit du travail en milieu carcéral. Pour me préparer au mieux au procès de Taha Mrani Alaoui et de Zakarya Banouni, je me suis inscrite à un diplôme universitaire de criminologie, dont les cours sont dispensés de septembre à juin. Retourner sur les bancs de la fac est une sensation comparable à celle de revenir vivre dans la ville où on a grandi. C'est une déroute réjouissante. Chaque siège d'amphithéâtre, chaque blague de professeur du haut de sa chaire, chaque cigarette sur le parvis de l'université est un anachronisme. Je n'ai pas spécialement envie d'être là, mais je ne me vois pas être ailleurs. Qu'est-ce que je suis censée faire d'autre ? L'affaire Eva Bourseau a envahi mes pensées. Le reste du temps, je le passerai à me documenter, à dérusher des interviews et à assister à des procès d'assises pour me préparer.

Sur le parvis du palais de justice de Toulouse, les avocats fument cigarette sur cigarette. Sous leur robe noire, on peut deviner leur personnalité – ou leur niveau de vie – aux chaussures qu'ils portent. Je ne sais pas ce qu'ils attendent. Je ne sais encore rien de ce moment flottant où les êtres et les destins sont suspendus à une décision de justice. Je monte les marches en faisant mine d'appartenir aux lieux, le port droit et les yeux fixes. Je me dirige vers les chambres correctionnelles du tribunal, à la recherche du rôle des audiences. Le rôle est un document papier informant des affaires qui doivent passer en jugement le jour même : nom de l'accusé et de la victime et, en dessous, le motif pour lequel la personne est poursuivie. À Toulouse, les rôles sont posés sur des chevalets en bois. À ma droite, un groupe de trois, quatre personnes écoutent, une main sur le menton, leur avocate livrer quelques dernières consignes avant l'audience. « Surtout, vous ne vous adressez pas directement à l'accusé. » Le rôle qui m'intéresse, celui de la cour d'assises, est introuvable. Au fond de la salle des pas perdus, je me dirige vers la queue de l'accueil du palais de justice. Quand j'arrive enfin devant une vitre perforée, la dame aux cheveux auburn m'observe derrière ses lunettes. « On a eu ordre de ne plus donner le rôle des audiences de la cour d'assises », dit-elle. Et elle ajoute : « Vous comprenez, après, avec l'identité des parties civiles, ça se retrouve sur Internet et tout le bazar. » Comme je ne bouge pas, elle clôt la discussion par un « Voilà ». Il est de bon ton de croire que les gens se contentent de faire leur travail et ne veulent pas de problème, mais ce n'est pas vrai. La plupart des gens veulent aider. S'ils le peuvent, ils le feront. J'insiste. Sa préoccupation, ce n'est pas le rôle des assises en tant que tel, ce sont les noms sur le papier. Moi, je ne veux rien de tout ça. Je me fiche de qui on juge. Je veux simplement assister à un procès d'assises. Mais je n'ai pas le luxe de venir au palais au petit bonheur la chance et de risquer de trouver porte close. Je plaide ma cause, lui explique les cours à la fac, le travail à côté, ma fille que je dois aller chercher à l'école. La dame de l'accueil secoue la tête. « Désolée, je ne peux rien pour vous », répond-elle. Dans un mouvement de recul, je ramasse mes affaires et m'apprête à partir. Elle enlève ses lunettes et se pince les lèvres. « Psst, attendez », dit-elle. Derrière son bureau, elle me chuchote : « Lundi prochain, il paraît qu'il y a un bon procès qui commence. Deux jeunes accusés de meurtre. C'est un procès en appel. À 8 h 30. »

6

Joan Gamiochipi est le premier à entrer dans le box des accusés. Cindy Pereira le suit. Ils prennent place côte à côte sans échanger un seul regard. Leur visage est incolore. L'appréhension rougit les pommettes, la peur rend le teint blanc, mais l'angoisse profonde, celle qui ronge les viscères, absorbe toutes les couleurs. Une sonnerie retentit et quelqu'un crie : « La cour ! » Tout le monde se lève, on se croirait à la messe. Une image me revient : c'était lors d'un baptême à l'église en 1988. J'avais 6 ans. Le prêtre, dans sa robe blanche et or, avait parlé des hommes et des femmes *qui précédaient notre naissance* et de ceux *qui viendraient après notre mort*. Cette simple phrase avait été un détonateur. J'avais acquis la conscience qu'il y avait un avant et un après à toute chose. Depuis, je faisais très attention à la temporalité. Sur la première ligne de mon calepin, je note :

La justice est ponctuelle. Le président de la cour d'assises demande aux accusés de se lever et de décliner au micro du box leur identité, âge et profession. Cindy Pereira est âgée de 25 ans, elle est serveuse. Joan Gamiochipi a 25 ans également, il est doctorant. Aux jurés le président de la cour d'assises rappelle alors le principe de l'oralité des débats : ils peuvent prendre autant de notes qu'ils le souhaitent, mais ils devront forger leur intime conviction uniquement sur ce qui se dit à l'audience, et non sur les milliers de pages écrites du dossier, auxquels ils n'auront pas accès. Il explique qu'il va lire l'ordonnance de mise en accusation, le document qui permet de renvoyer une personne devant une cour d'assises, mais que cette ordonnance n'a pas valeur de vérité, qu'elle n'est qu'un résumé de la procédure et que, d'une certaine façon, elle n'engage que son auteur.

Il débute sa lecture ainsi : « Le 11 mai 2012, un homme qui circulait sur un chemin de Vicdessos sent une odeur étrange… » À la cour d'assises, le temps se dissout. Les heures disparaissent et l'espace s'élargit.

Joan Gamiochipi et Cindy Pereira sont accusés d'avoir assassiné Kevin Sellier le 24 mars 2012 aux abords d'une forêt en Ariège. Tous deux ont le même âge et la même version des événements, du moins au début : alors qu'ils partent pour une randonnée en montagne, ils croisent au bord de la route Kevin Sellier, un copain de Cindy âgé de 19 ans. Ils lui proposent de monter à bord de la Clio rouge de Cindy. Ils roulent un moment à travers la montagne, discutant de tout et de rien. Il est bien trop tard pour partir en randonnée, Joan le sait, il a passé son enfance à marcher avec son père, et la nuit vous rattrape plus vite que l'on ne croit, mais ils font comme si de rien n'était. Sur la départementale D208, entre Vicdessos et Goulier, la petite route de montagne plie en épingle. Ils s'y arrêtent pour une pause pipi et c'est à partir de là que l'après-midi dégénère. Dans ce virage, selon la saison, les arbres découvrent ou dissimulent une piste forestière. J'ai du mal à saisir pourquoi le feuillage des hêtres est si important dans l'affaire, jusqu'à ce qu'un gendarme ne l'explique. L'état de la nature est un élément à prendre en compte pour déterminer le caractère prémédité ou non du crime. Car si l'on est pris d'une envie pressante, pourquoi s'enfoncer dans la forêt à 70 mètres de la route ? Ne serait-ce pas aussi la distance idéale pour commettre un crime loin des regards ? Aux enquêteurs, le centre de météorologie du département a transmis son relevé du 24 mars 2012 : c'était une « journée ensoleillée pas trop froide », mais il est difficile d'établir si « la végétation était assez dense pour cacher le chemin et donc la Clio rouge ». Dans mon carnet, j'écris : *La moindre brindille compte.*

Toujours est-il qu'à l'orée de la forêt l'histoire de Cindy Pereira n'est plus celle de Joan Gamiochipi. Tout au long de l'instruction, leur récit des faits est pourtant identique : dans un accès de rage, Cindy Pereira attrape un couteau de cuisine dans le vide-poche de sa Clio rouge et assène plusieurs coups au thorax de Kevin Sellier. Joan Gamiochipi ne comprend pas ce qui se passe. Voyant l'écume sortir au coin de la bouche de Kevin Sellier, il se sent piégé. Cindy lui aurait dit, en substance : si je tombe, tu tombes avec moi, alors il l'aide à se débarrasser du corps. Ensemble, ils le tirent plus loin sur le chemin forestier, l'aspergent de White Spirit et tentent de le brûler.

À l'ouverture du premier procès à Foix en avril 2016, Cindy était entrée seule dans le box des accusés. Joan comparaissait libre. Mais face à la cour, retournement de situation. Cindy avait pris la parole et était revenue sur ses déclarations : c'est Joan qui avait tué Kevin, pas elle. Elle n'avait été que spectatrice. Dans la presse locale, la formule de l'avocat général, « le duo machiavélique », était placée en titre. Joan Gamiochipi et Cindy Pereira avaient ainsi été condamnés par la cour d'assises de l'Ariège à vingt-cinq ans de réclusion criminelle. Joan Gamiochipi était parti en détention. Tous deux avaient fait appel de la décision. À cause de l'engorgement des tribunaux, l'affaire n'avait pu être rejugée qu'un an et demi plus tard, à l'automne 2017. Dans le box des accusés, Joan Gamiochipi remonte son pantalon à intervalles réguliers. Sa ceinture n'a pas assez de trous pour empêcher le vêtement de tomber. J'en déduis qu'il a perdu du poids les semaines précédant son procès.

À la cour d'assises de la Haute-Garonne, il y a ceux qui donneraient tout pour ne pas être là et ceux pour qui c'est un lundi comme un autre. Ceux qui sont sur les bancs de la défense ou des parties civiles et ceux dont c'est le métier. Et, au troisième rang du public, traversée par le grand souffle intérieur, il y a moi. Ce grand souffle intérieur est ce qui qualifie le mieux la naissance d'une obsession chez moi. J'aurais pu aussi prendre l'allégorie de la fleur qui éclôt, ou celle du bruit blanc qui suit une déflagration. À vrai dire je n'éprouve que ça, des obsessions, au point d'être capable désormais de les reconnaître aux prémices.

Au fond de mon ventre, j'ai toujours eu des braises incandescentes. Cela va de la simple toquade à la révélation. Une fois, je m'étais mise en tête de ne lire que des auteurs du Moyen-Orient, et je n'avais lu que ça pendant six mois ; une autre fois, de me nourrir exclusivement de yaourts et de haricots verts, sans aucune raison médicale ou autre, et cela avait duré moins longtemps ; puis j'avais eu envie d'écrire 300 pages sur Britney Spears dans une volonté de réhabilitation de la pop-star et un livre en était sorti un an plus tard. Dès que j'ai su pour les braises, j'ai su le danger qui me guettait. Si le souffle vient à être trop fort, alors tout s'embrase et je ne maîtrise plus rien. Là, dans cette cour d'assises, je suis frappée par l'éternité des lieux. Voilà donc à quoi ressemble la justice des hommes depuis des siècles. Chaque membre de l'institution judiciaire déploie une énergie phénoménale à célébrer la justice comme un aboutissement de l'évolution de notre espèce. Dans les intonations, les postures, les rites. Le témoin dépose debout à la barre. En accord avec le principe de l'oralité des débats, il n'a pas le droit de lire ses notes. Il ne peut être interrompu. Quand arrivent les questions, le tour de parole est le suivant : les avocats des parties civiles d'abord, l'avocat général dans sa robe vermillon ensuite, et les avocats de la défense pour terminer. Si l'un d'entre eux, poussé par l'indignation, se lève à nouveau après la défense pour renchérir, il se fait réprimander et la défense doit reprendre la parole pour conclure. Le formalisme ambiant est impressionnant, mais le décorum l'est tout autant. Sous la coupole d'un bleu céleste, les magistrats et les jurés écoutent les témoins face à eux, à la barre.

Au centre du plafond mouluré de la cour d'assises, une reproduction de *La Justice et la Vengeance divine poursuivant le Crime* de Pierre Paul Prud'hon surplombe l'audience. Aux quatre coins, des anges contemplent les hommes, portant tour à tour les mots « Labeur », « Force d'âme », « Religion » et « Probité » peints en lettres d'or.

Dans cette salle, on fait tenir une vie entière. Les joies brèves, les années calmes, les réussites professionnelles ou amoureuses. Les tristesses d'enfant, les petits mensonges et les grandes déceptions, les accomplissements enjolivés, les unions vouées à l'échec, les espoirs démesurés, les mauvais choix, les haines sourdes, jusqu'à la bascule vers l'irréparable. L'existence se révèle à la fois une chose insignifiante et une fresque immense. Comment peut-il y avoir tant d'ouvrages consacrés à l'absurdité de la vie, alors qu'ici tout fait sens ? Comment l'homme a-t-il pu créer une œuvre aussi belle avec autant de laideur ? Peut-être que le sublime ressemble à ça. Dans mon carnet de notes, j'écris : « une chaleur moite enveloppe le public, les témoins et les gendarmes », mais est-ce vrai ? N'est-ce pas seulement moi ? Car cette étrange impression d'appartenir aux lieux, d'être exactement à ma place, confine au sentiment amoureux. Que disent, sinon mon pouls, ma gorge sèche et les battements dans ma poitrine ?

Alors que l'obscurité s'engouffre à travers les grandes fenêtres de la cour d'assises, un gendarme ariégeois sort de la salle des témoins. Il s'avance vers la barre, où il pose son képi. Il est là pour parler de la garde à vue de Cindy. À la question « Avez-vous des griefs contre Kevin ? », la jeune femme lui avait répondu : « Oui. Un gros et un débile. »

Le « débile » avait eu lieu cinq jours avant les faits. Kevin Sellier avait volé 420 euros à ses grands-parents – furieuse, Cindy leur avait promis de les rembourser. Le « gros » grief, c'était un viol. Quelques mois auparavant, à la fin d'une soirée arrosée dans son appartement de Saverdun, Cindy était allée se coucher seule. Elle s'était endormie. Quand elle avait soudain ouvert les yeux, Kevin était en elle. Elle l'avait repoussé et avait couru se réfugier dans la salle de bains. Elle n'avait pas compris ce qui s'était passé. Elle était en train de faire un rêve érotique, et puis parfois elle parle dans son sommeil, en plus son petit ami s'appelait Kevin lui aussi, alors elle avait peut-être prononcé son nom ? Elle s'était demandé si elle avait pu provoquer l'acte sexuel. Un viol, c'est avec violence, non ? Ça ne se passe pas comme ça. Sur Facebook, elle avait écrit à son petit ami à l'étranger : « J'ai été infidèle contre mon gré. » Peu de temps après, entre deux portes, Kevin lui avait balbutié : « Ouais, excuse pour l'autre fois. » Et sur le coup, elle n'avait rien répondu. Elle n'en avait parlé à personne. Ni à ses parents – dont elle était pourtant proche – ni à Laura, sa colocataire et confidente. Devant les jurés, Laura redit que, compte tenu de la configuration de leur appartement de Saverdun – trois pièces alignées avec la chambre au milieu –, il est impossible que Kevin ait pu violer Cindy sans que personne s'en rende compte. Le président rappelle à Laura un événement qu'elle a elle-même raconté lors de son audition : une nuit où ils avaient bu, Laura dormait et, quand elle s'était réveillée, Kevin avait la main dans sa culotte. À la barre, Laura acquiesce : « Oui, il était collé à moi. Mais, précise-t-elle, il n'a pas insisté. »

« Parce qu'elle n'est pas certaine, Cindy n'emporte pas l'adhésion de son interlocuteur », explique de son côté une experte psychologue. À de maintes reprises, il est fait mention de la « sexualité débridée » de Cindy Pereira, de « ses plans cul, comme elle les appelle ». Chaque fois que le viol est abordé, des messieurs qui ont le double de son âge répètent les faits : elle n'en a parlé à personne avant sa garde à vue, il n'y a pas de témoin, et l'homme n'est plus là pour se défendre. Des semaines après la mort de Kevin Sellier, raconte Laura, Cindy lui avait avoué ce qui s'était passé dans la montagne. Cindy Pereira est alors interrogée. Le ton monte : « Ça ne vous paraît pas choquant d'oser parler du meurtre à Laura, mais pas du viol ? » Cindy Pereira ne sait pas ce qu'on attend d'elle. Elle dit que non.

« L'être humain est capable de beaucoup de choses, mais croyez-vous que beaucoup de femmes invitent un tel homme dans leur voiture ? » lui demande le président de la cour d'assises.

Je ne sais pas s'il pose la question pour lui-même ou pour les jurés qui pourraient se la poser. À la lueur des petites lampes du tribunal, Cindy répond : « Ça peut sembler bizarre, mais c'est moi qui conduisais. »

La phrase s'éteint sans provoquer d'étincelles. Joan n'avait pas le permis, Kevin était à l'arrière du véhicule, et c'est elle qui conduisait. Elle qui avait le contrôle. Son avocat, Me Laurent Boguet, fait remarquer que, pour quelqu'un qui voudrait convaincre de son mobile, Cindy n'a pas choisi la meilleure voie. Au fil de cette première journée d'audience, je griffonne sur le papier : *que requiert la logique ?* Puis, plus loin : *seule l'évidence peut triompher.* Une jeune fille de 1,55 mètre pouvait-elle tuer un homme seule ?

Au tour de Joan Gamiochipi de parler. Dans son histoire, un détail me frappe. Quand il était en classe de quatrième, des élèves avaient volé sa trousse. Élève brillant, il était surnommé « l'intello ». Au cours de l'audience – parce que, au fond, c'est une infime poussière dans le dossier –, on ne sait pas bien si les élèves ont volé ou abîmé sa trousse. Mais on comprend que l'événement a cristallisé une année de souffre-douleur. Joan Gamiochipi ne faisait pas encore 1,95 mètre. Pour se protéger, il s'était créé un nouveau personnage : « Ça a commencé par des petits mensonges. Je n'étais jamais confondu, alors j'ai continué. »

À son entrée en prépa, son anxiété avait redoublé d'intensité. Il était terrifié à l'idée d'être bizuté et en avait parlé à plusieurs reprises à ses parents. « Avec le stress de la prépa, les colles et tout ça... je me suis emmuré dans mes mensonges. » Joan raconte alors qu'il empoisonne des chats, qu'il a tué trois personnes à Colmar, qu'il a chez lui un petit scorpion venu d'Égypte, qu'il boit son propre sang, concocte des drogues à l'aide de plantes toxiques ou encore qu'il s'est déjà posé un tisonnier chauffé à blanc sur le sexe. Après le meurtre de Kevin Sellier, Joan Gamiochipi s'épanche auprès de ses amis au sujet d'un « plan Dexter » offert par Cindy. Face à la cour, il indique : « Je crois que j'avais besoin de parler de tout ça et je ne pouvais en parler en d'autres termes [...] J'essayais d'être quelqu'un d'autre. » Sa petite amie, elle, a une autre explication : « Je vois la correspondance entre ses défauts et les erreurs qu'il a faites. Il fallait toujours qu'il donne une certaine image de lui. »

Selon elle, Joan préférait encore jouer le personnage principal d'un acte horrible plutôt que d'avouer qu'il avait été lâche. La mère de Joan Gamiochipi, une blonde élégante aux yeux tristes, tente de décrire son fils aîné du mieux qu'elle peut: «Joan a toujours essayé d'intégrer sa petite sœur aux activités avec son frère. Ils sont tous les trois très proches. Il était très curieux, il lisait beaucoup, énormément... il peignait des petites figurines.» Dans un élan, les mains se lèvent vers le ciel et retombent d'un coup le long de son corps. Elle soupire: «C'est difficile de parler de quelqu'un de si proche en résumé devant une cour.»

Cette phrase hantera longtemps mon esprit. L'adage «Les paroles s'envolent et les écrits restent» ne représente pas grand-chose à mes yeux. Qu'elles soient prononcées à l'église ou à la cour d'assises, des paroles peuvent vous habiter. Elles peuvent vous envahir telle une musique entêtante. Dans la pénombre de mon bureau, je réécoute l'enregistrement de mon entretien avec l'amie d'Eva Bourseau. «Personne n'y croyait. La mère d'Eva a dit: "C'est pas possible, ce n'est pas ma fille."» Pause. Retour rapide. Play. «Personne n'y croyait. La mère d'Eva a dit: "C'est pas possible, ce n'est pas ma fille."» Ces mots, je vais devoir les transposer par écrit. Je mesure la responsabilité qui m'attend: rompre l'histoire orale, son état originel, pour la figer dans l'écriture. Et si je raconte l'histoire de l'amie d'Eva Bourseau, je dois raconter l'histoire de tous. Du voisin de palier à la mère de l'accusé, je veux entendre les premières notes, les couplets et les refrains. Je veux apprendre toute la symphonie de la tragédie.

7

«Je vais suivre des procès tout le temps, à présent.»

Christophe Carron, mon rédac' chef, ne dit rien. Un léger sourire en coin éclaire son visage. Sept ans auparavant, nous avions échangé une fois par téléphone. Nous avions parlé de Los Angeles, des paparazzis et de Rachida Dati. Il m'avait donné deux ou trois informations pour un sujet que j'étais en train de traiter, et juste avant de raccrocher, il avait prévenu: «Nous ne nous sommes jamais parlé.» J'avais senti que nous pourrions nous entendre. Nous n'avions plus eu de contact, jusqu'à ce qu'il prenne le poste de rédacteur en chef de Slate.fr. J'avais commencé à travailler pour le magazine en ligne en 2012. C'était la rédaction parfaite pour moi. Les choix éditoriaux de Slate me permettaient de laisser libre cours à mes obsessions trimestrielles, que ce soit sur l'éthologie ou la reine Elisabeth II, et je pouvais discuter des heures durant sur l'utilisation d'un verbe plutôt qu'un autre avec la responsable de l'édition, Mathilde Boireau. Si je me fiais à mon intuition sept ans plus tôt, l'arrivée de Christophe Carron était une bonne nouvelle.

Son sourire lui donne un air moqueur, et ses cheveux poivre et sel un air de sage, alors qu'il n'a pas encore 40 ans. Il se fiche de l'image qu'il pourrait renvoyer aux autres. Je crois qu'il s'en fiche parce que, d'une part, il est toujours bien habillé et que, d'autre part, il préfère lire en eux. De l'autre côté de la table de la rédaction, Carron déplie ses longues jambes sans un mot. Il est en train d'adopter la technique du silence: en interview, les meilleures sorties ont lieu dès lors qu'on laisse un silence imperceptible s'installer. La personne en face, oppressée par le blanc de la conversation, essaie de le combler. C'est une invitation tacite à poursuivre le fil de sa pensée, à le dérouler jusqu'au bout. Dans les cours d'assises, la méthode est aussi largement utilisée par les magistrats et les avocats. Je poursuis.

« Je veux écrire sur le bien et le mal. Mais je ne peux pas... je ne peux pas faire ça de façon objective. Je ne peux pas juste décrire les faits ou une enquête. Ce n'est pas si simple. Je viens de remplir un carnet de 100 pages sur l'affaire des deux jeunes en Ariège et, à la fin, comme je n'avais plus de place, j'ai écrit les dernières notes sur la couverture. On grandit avec l'idée que les gens qui ont affaire à la justice sont de pauvres types ou des femmes fragiles, mais c'est une légende. J'ai dormi trois heures la nuit suivante, je n'arrivais pas à redescendre. Comment veux-tu résumer un truc pareil ? Je ne peux pas réduire cette affaire à un seul papier. »

Le sourire de Carron s'efface, il a le regard dans le vague.

« Des centaines d'autres journalistes font déjà du fait divers, dit-il enfin. Si on le fait, il faut le faire comme personne d'autre. Quel intérêt sinon ? Ça ne m'intéresse pas de te payer pour ça. Mais j'adore ce genre d'histoires. Donc voilà ce qu'on va faire. Je te laisse écrire ce que tu veux. Le nombre de signes que tu veux. Et on voit ce que ça donne. Si ça fait la taille d'une nouvelle, on le publiera sous forme d'une série de longs articles. En plusieurs épisodes. »

J'applique à mon tour la technique du silence. Il jette un œil de l'autre côté de la vitre. Son attention est de courte durée.

«Quand? demande-t-il.
– Quand quoi?
– Quand penses-tu pouvoir me livrer ta série de papiers sur l'affaire des deux jeunes en Ariège?»
Je caresse mon carnet aux pages écornées.
Je réponds: «Dans une semaine.»

8

Sans contacts, vous n'êtes rien. La plupart des faits-diversiers espèrent – et travaillent à – avoir un joli carnet d'adresses, rempli de numéros personnels de policiers et de gendarmes. Mais ils sont surtout utiles aux journalistes spécialistes de l'instruction, aux fins limiers en quête de scoops. Pour les chroniqueurs judiciaires, ceux qui font des comptes rendus d'audience, le réseau ne sert pas à grand-chose. Ce qui nous intéresse chez les enquêteurs, ce sont leurs dépositions à la barre, lorsqu'ils exposent leur travail de la première à la dernière seconde. Alors, tout le monde est logé à la même enseigne. Il n'y a plus d'exclusivité à glaner. L'important, c'est ce que vous allez faire de cette information rendue publique. Le premier contact à entrer dans mon carnet d'adresses est l'avocat de Cindy Pereira, Laurent Boguet. D'un physique imposant – les épaules larges, un visage rond mais pas bonhomme –, il est connu pour deux raisons: pour avoir été, avec Me Pierre Alfort, l'avocat du tueur en série Patrice Alègre, et pour son phrasé digne des meilleurs dialogues de Georges Simenon. À la fin du procès de Joan Gamiochipi et de Cindy Pereira, je lui rends visite à son bureau. Immédiatement, je lui livre ma théorie : sa cliente a bien tué Kevin Sellier de plusieurs coups de couteau. Elle a avoué en garde à vue être la seule responsable et elle seule a un mobile. Donc il lui a fallu une bonne raison d'inverser les rôles face à la cour. Une bonne raison pour accuser son ancien ami Joan Gamiochipi d'être le véritable meurtrier. Elle a voulu réduire sa peine, certes, mais Cindy Pereira est plutôt du genre à endosser ses responsabilités, même quand elle n'y est pour rien, comme l'atteste l'anecdote des 420 euros volés par Kevin Sellier qu'elle avait promis de rembourser à ses grands-parents.

Cette intime conviction m'était apparue lors de la déposition de son beau-père à la barre. Il était arrivé, le souffle court. Il s'était tout de suite présenté comme étant « son papa ». Puis il s'était mis à pleurer avec la dignité de ceux qui s'étaient juré de ne pas le faire : « Au premier procès, j'ai entendu des choses horribles… Elle n'a pas eu cinquante petits copains, c'est pas vrai, quand elle en a eu, je le savais, on en parlait. J'ai retourné cette histoire cinquante mille fois dans ma tête, et la seule réponse qui me reste c'est : "Ce n'est pas concevable. C'est pas elle." » Le beau-père de Cindy Pereira avait alors pris une inspiration : « Je vais la voir toutes les semaines. Ça fait trois ans que je cherche la vérité, mais quarante-cinq minutes, ça passe très vite, vous vous dites bonjour et hop, on vous dit de sortir. J'ai lutté, lutté, et au bout de trois ans, elle a fini par me le dire. Que c'était pas elle. »

Je regarde Laurent Boguet. Il tire une bouffée sur sa cigarette. Il concède :

« Oui, elle a pu dire à ses parents ce qu'ils voulaient entendre... »

Je corrige :

« Ce qu'ils avaient besoin d'entendre. »

Cindy Pereira, l'enfant qui, en proie à une envie fugace, avait volé un bonbon à l'épicerie avant de le rapporter avec l'argent pour le payer. Cindy Pereira, la jeune femme élevée dans les valeurs protestantes, qui au parloir demande à sa mère d'apporter des habits pour ses codétenues qui n'ont rien. Cindy Pereira, qui avait déjà été violée par le passé et a dit lors de sa garde à vue, à propos de Kevin Sellier qui avait posé la main sur sa cuisse dans la voiture : « J'en avais marre, fallait que je tape. » Cette Cindy-là, qui avait pour principe de tout assumer, s'était dédite pour ne plus voir ses parents souffrir.

Me Laurent Boguet sourit. « Si vous êtes à la recherche d'autres affaires, j'en ai une pour vous », dit-il.

Ainsi sera signé notre pacte tacite. Il sait que je ne vais pas tenter de le joindre dans le feu de l'action, après la découverte d'un corps ou une reconstitution qui aura duré des heures, pour l'asséner de questions. Il sait ce que je cherche. À vrai dire, il l'a compris avant même que je ne le comprenne. Le temps de l'instruction ne m'intéresse pas. Je ne cours jamais après des bribes d'informations. Je veux des affaires où rien n'est ce qu'il paraît, je veux comprendre comment des gens comme lui et moi peuvent basculer. Je veux savoir de quel bois nous sommes faits. Par la suite, chaque fois que nous nous rencontrons, il pose son paquet de cigarettes entre nous, sur la table, en assurant : « Servez-vous, elles sont là pour ça », et pendant des heures nous dissertons sur la justice, les hommes et les femmes qui la font, et la tâche qui nous incombe, à notre niveau.

9

Pour une fois dans ma vie, aucun questionnement ne vient perturber mon sommeil. Il me suffit d'entrer dans les salles d'audience. Même si le mobilier y est inconfortable, je peux y passer des après-midi entiers, à suivre des comparutions immédiates. Souvent, les après-midi se prolongent dans la soirée. Au petit matin, j'épluche la presse régionale en quête des procès à venir. Le vendredi, les journaux publient souvent des avant-papiers pour annoncer l'ouverture des procès qui auront lieu la semaine suivante. Je prends le dernier train le dimanche soir, ou le premier le lundi matin. Je cherche les affaires qui ont eu lieu il y a deux ou trois ans, car c'est le temps qu'il faut à la justice pour amener une personne devant une cour d'assises. J'appelle les avocats pour savoir où en est le dossier. J'appelle les hôtels les plus proches du palais de justice pour réserver une chambre. De nuit, je passe devant le tribunal et observe son architecture. Il y a des palais plus accueillants que d'autres. Au palais de Nîmes, par exemple, un cri de cracoucass résonne à intervalles réguliers contre les colonnes en pierre pour éloigner les pigeons. Au palais de Pau, il y fait froid.

Le plus beau palais est celui de Rouen. Le palais de justice de Paris est un dédale d'escaliers qui craquent, de couloirs sombres et de chambres couvertes de boiseries. À Bordeaux et à Grenoble, le banc de la presse est placé sur une estrade, entre l'avocat général et le banc des parties civiles, juste en face du box des accusés. Le palais d'Avignon, tout de beige et de gris, transpire la lassitude. Dans le palais de Montauban, la lumière est presque crue. J'ai désormais un rituel : je relève les prix de la machine à café dans la salle des pas perdus. L'expresso le plus onéreux se trouve à Aix-en-Provence. Le plus raffiné, à Nantes. Je me suis habituée à mon nouveau quotidien. C'est comme s'il en avait été toujours ainsi.

Lors d'un procès à 200 kilomètres de chez moi, je sirote un Coca en terrasse après une journée d'audience. Une journaliste s'arrête pour discuter. Je pose la main sur mon front pour cacher le soleil et mes traits qui trahissent mon réveil à 5 heures du matin. Je l'ai déjà remarquée sur les bancs de la presse. Elle retranscrit les dépositions à la barre comme personne. Son sourire me fascine. Une de ses incisives chevauche légèrement l'autre, et cette circonstance perfectionne son visage. Des papiers dépassent de son sac en cuir. Attirée par les illustrations en haut des feuilles, je me penche vers elle. Immédiatement, je reconnais le titre : « L'empoisonneur de chats et la fille de la montagne ». Joan Gamiochipi et Cindy Pereira. Je la regarde, interloquée. À nouveau, elle me sourit : « C'est toi qui l'as écrit ? En conférence de rédaction, on nous a dit d'aller vers ça. »

Le matin, je me réveille aux aurores pour faire la queue avec le public, deux heures avant l'ouverture des portes. L'institution judiciaire aime beaucoup les cartes professionnelles. Les policiers à l'entrée me prennent pour une avocate, ils me signalent: « Maître, vous n'avez pas votre carte ? » Mais je n'ai rien à montrer. Un jour, à la pause déjeuner, un président de cour d'assises proche de la retraite entre dans le café où je relis mes notes. Il pose son chapeau sur la table et me dit: « Demandez cette fichue carte de presse, ça sera plus simple pour vous. » Puis il s'en va en payant mon repas.

C'était donc ça, la prochaine étape. À mon retour à Toulouse, je demande ma carte de presse. Il y a des sentiments de liberté qui, après tout, finissent par vous emprisonner. Depuis, j'ai disparu de la queue à 7 heures du matin. Elle, elle n'a pas bougé. À chaque procès médiatique, le public se presse devant les portes du palais. Une file composée de retraités et d'étudiants – parsemée de parapluies au mois de mars et vibrant au rythme des éventails au mois de juin. Parfois, la file fait le tour du pâté de maisons. J'aime m'arrêter pour la regarder. Pour reconnaître certains visages, présents chaque jour, que la pluie soit battante ou le ciel brûlant. Dans la queue, ils déjeunent debout d'un sandwich entre midi et deux, informent le service de sécurité de l'heure à laquelle leur réveil a sonné, du temps de route qu'il leur a fallu pour venir jusqu'à ces portes et de leur horaire d'arrivée. Ils n'exagèrent jamais. Les caméras de vidéosurveillance à l'entrée du palais confirment leurs dires. Lorsque je passe devant eux, la cicatrice de l'attente me lance dans le ventre. Une attente où rien d'autre n'a d'importance que d'entrer. La justice est publique, elle est rendue au nom du peuple français et par conséquent les procès sont ouverts à tous. Mais les places sont limitées.

Ceux qui n'ont jamais assisté à un procès d'assises sont souvent surpris, au mieux – et méprisants, au pire –, par ce cortège interminable. Les charognards, ces êtres étranges qui arpentent les procès d'assises pour se repaître du sordide, existent, mais ils se trahissent vite. Ils demandent, l'œil brillant : « C'est aujourd'hui les projections des photos ? » et s'en vont quand on leur répond que non. Ceux qui y viennent comme on va au théâtre sont sûrement plus nombreux, mais il serait malhonnête de les déconsidérer pour autant. La procédure pénale et les costumes professionnels à grandes manches entraînent, de fait, une mise en scène de l'audience ; dans ce cadre formel, chacun a une place à tenir et doit rester dans son registre. Mais pour tous les autres de la file d'attente, c'est autre chose. C'est la nuit en nous.

Avec la régularité d'un métronome, je me suis souvent demandé si être chroniqueuse judiciaire ne revenait pas à vivre aux dépens du malheur des autres. Je me suis posé la question assez de fois pour être tentée de tout arrêter et j'ai fini par trancher que non. Car, à la fin, il s'agit de vous et moi. Pour quelle autre raison nous intéresserions-nous à ce genre d'histoires, sinon ? Nous pouvons nous rassurer, nous dire : *ça ne peut pas m'arriver, ma famille est aimante, je n'ai pas de tempérament bagarreur*, ou *j'appellerais la police tout de suite*. J'aurais *la bonne réaction*. C'est probable, mais comme a dit une fois un de mes médecins légistes préférés à la barre : « L'hypothèse la plus probable ne veut pas dire l'hypothèse la plus certaine. » Il est plus facile de se voir à la place des victimes parce qu'on n'oublie jamais avoir été un jour victime d'un malheur ou d'une injustice.

Alors que l'on préfère oublier ce qui nous rend coupables. Entrer dans une cour d'assises me rappelle l'échiquier d'Adelson. Sur un plateau carré composé de cases grises similaires, deux cases sont estampillées « A » et « B ». Sur la case B, un cylindre vert porte son ombre. La case B paraît donc d'un gris différent que celui de la case A. Sur les deux cases, pourtant, le gris est identique. Si, à première vue, notre cerveau perçoit deux couleurs distinctes, dès lors que les cases A et B sont placées l'une à côté de l'autre, l'illusion d'optique tombe. La justice est à l'image de l'échiquier d'Adelson. Dans les deux cas, tant que personne n'est là pour expliquer, le cerveau en reste à ce que lui montre l'œil. Il y a cet adage dans les cours d'assises : « Les monstres n'existent pas. Il n'y a que des actes monstrueux. »

Pour autant, le mal absolu peut se nicher à certains endroits. Mais il est si singulier que, lorsque nous, habitués de la justice, le croisons, nous sommes stupéfaits. C'est le psychiatre Daniel Zagury, qui fait des cauchemars jusqu'à la nausée après avoir expertisé Michel Fourniret. C'est ma consœur et amie Noémie Schulz, journaliste à la presse judiciaire, qui m'a souvent parlé du procès de Valérie Bacot où personne, absolument personne, ne regrettait le meurtre de Daniel Polette, dont la médiocre existence se résumait à être un bourreau. Sa propre sœur, Mireille Polette, avait déclamé à la cour d'assises de Saône-et-Loire : « Je pense qu'il est né comme ça. [...] La personne que je remercie le plus au monde, c'est Valérie, pour l'avoir tué. Elle a fait ce que j'aurais dû faire depuis longtemps. »

Ce sont des histoires si marquantes que même nous, journalistes, nous nous les racontons le soir au coin du feu.

Dans la majorité des dossiers cependant, nous naviguons comme dans une tempête, munis d'une lanterne. Quoi qu'il arrive, il y aura une lumière. Le mal existe, c'est vrai, mais à l'instar de la couleur noire, il est rarement absolu. Grâce à la scénographie judiciaire, à cette radiographie des faits et à son archéologie des trajectoires, un morceau de lumière trouvera toujours le moyen de s'y refléter. Vous ne savez juste pas d'où elle viendra.

10

Au printemps 2018, un tueur en série est jugé à Perpignan. À la fin des années 1990, aux abords de la gare de Perpignan, des jeunes filles disparaissent mystérieusement. Elles sont retrouvées, sans vie, sur des terrains vagues. Leurs corps abandonnés, violés, étranglés, éviscérés. Les mutilations, d'une extrême précision, requièrent de toute évidence des connaissances anatomiques particulières. Les enquêteurs pensent à une personne travaillant dans le domaine médical, à un boucher ou à un vétérinaire. Des centaines de témoins sont entendus, sans succès. Une psychose latente s'empare de la ville. « Derrière chaque rue longeant cette sombre avenue pouvait se trouver, tapi dans l'obscurité, un homme dont le plaisir consistait à déchirer les entrailles de ses victimes afin de faire de leurs organes intimes une offrande païenne à une divinité infernale. Cette peur irrationnelle et antique, nous l'avons tous éprouvée, et nos nuits étaient hantées par le ricanement glacial du "tueur de la gare" », plaidera lui-même l'avocat de Jacques Rançon.

Quand Jacques Rançon entre dans la cour d'assises des Pyrénées-Orientales, un frisson s'empare de l'assemblée. Cet homme au regard vitreux et aux cheveux gras, dans un tee-shirt orange sale, correspond à l'image que l'on pouvait se faire de lui. Son arrestation, quatorze ans après les faits, avait eu lieu grâce à une once de chance et à beaucoup d'acharnement.

Un monsieur s'était rendu à un dîner. Parmi les convives se trouvait également un commissaire de police. Ensemble, les deux hommes avaient discuté : le premier habitait à 300 mètres de l'endroit où avait été retrouvé le corps d'une des victimes, Moktaria Chaib. Soudain, un détail lui était revenu : il avait retrouvé, récemment, une chaussure de femme dans son jardin. Le monsieur n'avait su qu'en penser. En règle générale, il suffit de jeter un œil aux bords de routes pour savoir que les gens se débarrassent de tout un tas d'objets incongrus. Le commissaire lui avait tout de même demandé de lui apporter la chaussure. Elle était devenue le scellé 43-A. Sur cette chaussure, un petit bout d'ADN partiel avait été découvert. À l'époque, une trace incomplète d'ADN ne servait pas à grand-chose : le Fichier national automatisé des empreintes génétiques (Fnaeg) en était à ses balbutiements. Il avait été créé en 1998, suite à l'affaire du « tueur de l'Est parisien », Guy Georges, avant d'être mis en service au printemps 2000. Au départ, le Fnaeg concernait les délinquants sexuels. À partir de 2001, l'outil enregistre aussi les données génétiques des auteurs de crimes contre les personnes. En 2003, la base de données compte alors 4 000 profils. Une nouvelle loi de sécurité intérieure est votée. Elle permet d'enregistrer au Fnaeg les profils génétiques de personnes condamnées – ou simplement mises en cause – dans tous les crimes et délits d'atteinte aux biens et aux personnes. En 2011, Jacques Rançon était déjà fiché au Fnaeg. Rien n'en était sorti, parce que ce n'est qu'en 2014 que la technologie fait un bond en avant : en 2014, l'ADN partiel peut être utilisé pour faire des rapprochements. La machine tourne. Le président de la cour d'assises des Pyrénées-Orientales cite le rapport des experts d'alors : « Nous pouvons conclure avec une grande certitude que l'ADN du scellé 43-A correspond à celui de Jacques Rançon. » À sa première audition, l'homme avait avoué. Il avait 64 ans.

C'est un procès épouvantable. La première semaine est consacrée aux médecins légistes, aux pompiers et aux pauvres quidams venant raconter ce qu'ils ont vu et compris. Nous passons notre temps à entendre le trop vaste champ lexical de l'anatomie humaine lors des descriptions des mutilations et à regarder des images sordides. Des policiers à la retraite sortent en larmes du palais. Une témoin arrive si avinée qu'elle ne peut distinguer sa droite de sa gauche. Le soir, nous buvons une bière ou deux pour détendre nos muscles parce qu'il est inconcevable de se confronter à la solitude de la chambre d'hôtel.

Le septième jour, Sabrina, la survivante de Jacques Rançon, s'avance à la barre. C'est un témoignage très attendu. Sabrina commence par la fin : cette journée d'octobre 2014 où elle a vu la photo de Jacques Rançon à la télévision. Elle avait passé tant d'années à garder ce visage en mémoire, pour ne surtout pas l'oublier, que cela revenait à le chercher partout. Sabrina raconte les événements de façon antéchronologique : elle oblige son mari à allumer la lumière de la chambre quand il va se coucher, et ce, même si elle dort, elle interdit à ses enfants de jouer à cache-cache. Elle mentionne la cicatrice sur son ventre, et sa peur de la voir éclater à chacune de ses quatre grossesses. Elle en arrive à la nuit des faits. Elle attendait un ami en bas de son immeuble. Elle décrit Jacques Rançon qui s'approche d'elle. Rançon qui lui dit : « Aujourd'hui, c'est mon anniversaire ». Elle se souvient, c'était son anniversaire, le 9 mars, elle l'avait dit aux enquêteurs. Elle se rappelle l'odeur d'alcool qu'il dégageait. Elle se dit que si elle lui répond poliment, il va la laisser tranquille. Elle l'entend respirer bruyamment. Un frisson la parcourt. Elle parle du couteau qui l'éventre et de cette fatigue qui l'envahit d'un coup.

J'entends d'abord un petit rire étouffé. Assise au premier rang, je relève la tête de mon carnet. Sabrina s'excuse auprès de la cour. Elle va se reprendre. Elle poursuit sa déposition : le sourire pervers de Jacques Rançon, sa respiration haletante, comme celle d'un asthmatique. Ses dents pourries et ce murmure : « Je vais te tuer », sorti tout droit d'un film d'horreur. Mais le petit rire de Sabrina ne passe pas. Très vite, il se mue en un fou rire incontrôlable, un rire à vous glacer les os. Sabrina lutte pour se maîtriser. Tous les muscles de son visage se contractent. L'huissier d'audience a le regard de ceux qui anticipent la catastrophe imminente. Il cherche des yeux les secouristes et pointe son doigt vers Sabrina pour les avertir, mais c'est déjà trop tard.

La tête de Sabrina bascule vers l'arrière et de sa bouche sort un cri d'épouvante. Un hurlement indescriptible qui envahit tout l'espace et pénètre les consciences. Ses jambes ne la tiennent plus. Elle vacille et tombe à la renverse. Sa famille accourt pour la rattraper. Sabrina crie encore et encore. Elle ne s'arrête pas de crier, même quand elle est emmenée loin de la barre, loin de la foule, loin de Jacques Rançon. Les cris se poursuivent dans le couloir, une fois la porte fermée. Sabrina n'avait jamais raconté son histoire.

« Nous allons suspendre l'audience », déclare le président de la cour d'assises. À peine a-t-il prononcé ces mots que les frères de Marie-Hélène Gonzalez et de Moktaria Chaib grimpent sur la table des avocats de la défense pour se jeter sur Jacques Rançon. Ils piétinent les pages du dossier, crachant : « Fils de pute. Pense à moi, fils de pute, j'vais te crever ! » Jacques Rançon, impassible, est évacué dans les geôles du palais.

Sur le parvis du palais de justice, les journalistes sont blêmes. Une chroniqueuse judiciaire se tourne vers moi. Elle fait ce métier depuis vingt ans. Un bras sous la poitrine, elle tire sur sa cigarette de façon saccadée : « J'ai mal au ventre. J'ai si mal au ventre », me dit-elle. Derrière moi, des éclats de voix résonnent : « Qui a amené cette gamine de 14 ans ? Il n'y avait pas d'autres procès à montrer à une stagiaire de troisième ?

– Ouais ? Ben, vas-y. Va le dire à notre rédac' chef ! hurle une petite femme blonde maquillée pour la télévision.

– C'est pas moi qui bosse pour lui, que je sache. »

Des dizaines de procès plus tard, je me remémore l'affaire avec Mathieu Fourquet du *Nouveau Détective*. Nous sommes affalés sur les banquettes rouges du café de la Bourse, à Nîmes, en face du palais. Chaque journaliste a « son » affaire. Celle qui ne nous a jamais quittés, celle que l'on connaît par cœur, aussi bien que le directeur d'enquête, et pour laquelle on a établi de multiples théories. L'affaire des disparues de la gare de Perpignan est l'affaire de Mathieu. Je lui confie qu'à l'inverse de lui aucun récit de *serial killer* ne parvient à me fasciner. Je me risque à donner cette phrase : ce sont les victimes des *serial killers* qui sont intéressantes. Leur vie racontée par celles et ceux qui les ont connues. Mais Jacques Rançon ? Jacques Rançon était dépourvu d'une quelconque lueur. Il n'éprouvait ni haine ni amour et, plus étonnant encore, pas de peur. Il savait le sort qui l'attendait. Aucun mot n'est assez fort pour dire les abominations qu'il a commises, et aucun ne l'est non plus pour décrire la pitié qu'il inspire. Mathieu et moi prononçons cette phrase rapportée par un expert psychiatre à la barre : « La seule chose qu'il regrette, c'est la mort de Johnny. Il m'a dit : "Moi, si je meurs à son âge, je ne reverrai plus la lumière du jour. Il est parti en pleine gloire." »

Puis je repense à cette scène, avec la stagiaire de troisième, et au journaliste qui s'était emporté.

« Et il avait raison, c'était n'importe quoi », dis-je en attrapant la carafe d'eau.

Mathieu lève les couverts de son assiette et me fixe du regard. J'insiste :

«À 14 ans, tu crois que tu peux encaisser, mais tu es encore un bébé.

– C'était moi.

– C'était toi quoi ?

– Le journaliste qui a gueulé, c'était moi.»

J'ai parfois du mal à me souvenir. Comment c'était avant ? Jusqu'à mon arrivée à la presse judiciaire, je n'avais jamais appartenu à aucun milieu. «Tu es un cow-boy solitaire, c'est comme ça», m'a assuré Carron un jour, et il avait raison. Je n'ai jamais fait partie d'aucun comité, syndicat ou collectif. Mais là, pour la première fois, j'ai le sentiment d'appartenir à un groupe. Une cohorte où chacun est cinglé à sa façon. Comme le dit en riant mon amie Cécilia Frojman : «On n'est pas dans le box, mais on est aux assises quand même.» Le père de ma fille, lui, dit que nos procès ont l'air de ressembler à des compétitions sportives. Il y a un peu de ça, c'est vrai. De ville en ville, nous retrouvons les mêmes équipes – journalistes ou avocats – dans les hôtels et sur le terrain des palais de justice. Nous partageons une mémoire commune : «Tu te souviens quand ils ont fait citer une voyante à la barre ?», et ceux qui n'y étaient pas demandent qu'on leur raconte, *c'était où, c'était quand, c'était comment, ça devait être quelque chose à voir !* Loin de chez nous, nous échangeons sur des affaires criminelles et nos vies personnelles – *comment tu fais quand tu pars deux semaines pour tes enfants, le petit dernier il devient quoi ? Tu as des photos ?* Le soir, après l'audience, dans la salle de presse, la salle des pas perdus ou le lobby de l'hôtel, nous nous aidons les uns les autres à boucler nos papiers.

Mathieu est devenu mon ami le plus proche à la presse judiciaire. Son mentor journalistique l'a surnommé « le VRP du crime ». Sa rédaction l'a affecté à l'est et au sud de la France. Toutes les semaines, il sonne chez les voisins des criminels ou aux portes des belles-mères des victimes. Il lui arrive de m'appeler sur la route : « Je pars sur une affaire de stups. » « Ils m'envoient sur l'histoire du franc-maçon qui a tué sa grand-mère... Tu le connais, son avocat ? » « J'ai trouvé une culotte dans la poubelle à 30 mètres de là où a été retrouvé le corps, tu crois que j'appelle le proc' ? Non, mais je vais l'appeler, quitte à passer pour un débile, c'est peut-être important. »

Mathieu me raconte les affaires qu'il a couvertes, ces fois où il s'est fait courser pour avoir voulu poser des questions, et ses accords passés avec les flics. En échange, je relis ses papiers. « J'aimerais bien savoir écrire comme toi », répète-t-il, alors qu'une partie de moi aimerait pouvoir travailler comme lui. Je n'aurais jamais pu imaginer qu'il puisse s'emporter contre d'autres journalistes. Mathieu est la personne la plus magnanime que je connaisse. Une fois, il a réussi à apaiser un huissier d'audience à deux doigts de me faire sortir parce que je lui avais fait remarquer que l'écran de visioconférence devant le box vitré nous empêchait de voir les réactions de l'accusé. Mathieu est le genre de journaliste à apporter des chocolats aux mamies qu'il interviewe. Même son physique est magnanime : de taille moyenne, il peut aussi bien passer pour un homme de 20 ans que pour quelqu'un de 35. Tout dépend du contexte dans lequel il se trouve.

Au café du palais de Nîmes, il me livre entre deux bouchées sa version de cet après-midi où Sabrina est venue déposer à la barre. Ce jour-là, en arrivant, il avait vu la jeune fille de 14 ans assise au premier rang. Il avait pris place et ouvert son grand cahier A4 à petits carreaux. Concentré sur ses notes, il ne lui avait plus prêté attention. Puis Sabrina s'était effondrée. Au milieu des cris, il y avait eu un moment de flottement, entre sidération et pesanteur, avant que l'huissier ne nous ordonne de quitter la salle. Mais l'adolescente, elle, ne s'était pas levée. Mathieu l'avait regardée. Ses mains étaient cramponnées au bois des sièges de la presse. À l'intérieur, elle chavirait. Il avait alors su qu'elle n'oublierait jamais ce qu'elle avait vu. Les images resteraient gravées dans son esprit d'enfant et l'empêcheraient de dormir la nuit.

Quand Mathieu et moi comparons nos notes, nous relevons des différences. Non pas parce que nous n'entendons pas la même chose, mais parce que nous ne relevons pas la même chose. Un échange, un procès-verbal ou une conclusion de rapport nous marquent différemment. Chaque fois qu'il relate l'histoire de la stagiaire de troisième à des confrères ou consœurs en ma présence, Mathieu parle de ses mains. Et chaque fois, je me rappelle celle que j'étais avant avec une pointe de délivrance. Être un cow-boy solitaire ne veut pas dire être seul.

11

C'est un beau matin d'hiver. Au-dessus des immeubles haussmanniens, le ciel est teinté de rose. Quand j'arrive au 72, rue Sainte-Anne, à Paris, je traverse le couloir de miroirs et passe la porte du fond qui s'ouvre sur la cour baignée de lumière. Derrière les trois marches du bâtiment sur lesquelles a été abandonné un gobelet en plastique transformé en cendrier, le logo Slate.fr en grandes lettres bordeaux surplombe un canapé. Je salue les membres de la rédaction à l'étage et me dirige vers l'évier pour me laver les mains. Au moment où j'attrape le torchon, Carron surgit dans mon dos :

« Ne touche pas ça ! Ce torchon doit être aussi vieux que la reine mère.

– Elle est morte.

– C'est bien ce que je dis. On y va ? »

Assis à la table ronde de la salle de réunion, il ouvre son carnet. Depuis un an et demi, nous nous tenons informés des enquêtes à suivre et des affaires en cours. Sur le site, mes séries judiciaires étaient très suivies. Carron me laissait choisir les procès et tranchait si des dates se chevauchaient. Je n'avais qu'un seul critère de sélection : *la question.* Les jurés doivent répondre à la question « L'accusé est-il coupable des faits reprochés ? » Sur les bancs de la presse, j'étais animée par d'autres interrogations : comment un avocat meurtrier sera-t-il jugé par ses pairs ? Pourquoi une mère tue son enfant ? Que se passe-t-il lorsque le corps de la victime n'a jamais été retrouvé ?

La question est ce qui me libère du chaos, ce qui me donne une direction, même si plus vous plongez les mains dans un dossier, plus les questions s'accumulent. Pour Eva Bourseau, ça avait commencé par « Comment se construire en faisant le deuil de sa meilleure amie ? » pour très vite arriver à « À quoi ressemble la vie de ses parents, maintenant ? » Mon carnet de notes était jonché de questions amassées au fil des mois. La dernière en date était : pourquoi les jeunes accusés, Taha Mrani Alaoui et Zakarya Banouni, se droguaient-ils autant ? Quel refuge avaient-ils trouvé dans la drogue ? Eva Bourseau avait été elle-même dépeinte comme une junkie dans les journaux de l'époque. La thèse de la drogue responsable du crime et mère de tous les maux me paraissait – je ne trouve pas de meilleur mot – trop simpliste. Je n'y croyais pas du tout.

« Alors, où tu en es pour Eva Bourseau ? me demande Carron.

– J'ai eu l'avocat de Zakariya Banouni, un jeune qui était de permanence la nuit de sa garde à vue. Le voisin d'Eva Bourseau. Et sa meilleure amie.

– Celle que tu cherchais ?

– Oui, elle est incroyable. Par exemple, elle m'a parlé de cette lampe qui l'a obsédée après la mort d'Eva Bourseau. Une fixation pour ne pas avoir à penser à l'horreur qui venait de se produire, tu vois ? De l'impression de ne plus savoir qui elle était. Et de son voyage en Mongolie où elle a suivi des nomades et où elle s'est interrogée sur les traces qu'on laissait derrière soi. Tout au long de l'entretien, elle a été brillante. »

Carron griffonne une phrase ou deux, puis relève la tête. Je soupire :

« Mais pour le reste, c'est au point mort. Je mets des plombes à retrouver les gens, et quand j'y arrive, personne ne veut parler. Ça ne suffira pas à écrire une histoire orale comme on veut. Je voudrais surtout avoir les parents d'Eva.

— C'est pas Dupond-Moretti, leur avocat ?

— Si je pouvais éviter de passer par leur avocat, ça m'arrangerait. »

Je savais que la procédure exigeait de passer par les avocats pour demander un entretien avec leur client. Leur demander de faire l'intermédiaire est une forme de courtoisie. Mais d'une part, cela supposait un cadre un peu trop formel et, d'autre part, ils n'avaient aucune raison de m'accorder quoi que ce soit. Je ne travaillais pas pour une grande chaîne d'information. Je ne travaillais pas à un livre, plus prestigieux qu'un article de presse. L'affaire Eva Bourseau était suffisamment médiatique pour qu'ils sélectionnent les journalistes. Il fallait convaincre les parents de me parler. Et je souhaitais si possible réserver mes arguments aux personnes directement concernées.

« Comme tu veux, répond Carron. Dupond-Moretti vient de s'installer à Paris. »

Je réfléchis. Après tout, pourquoi pas ? Je pouvais y passer et expliquer la raison de ma venue à la secrétaire. Et si ma requête avait un intérêt, elle pourrait prendre mon numéro de téléphone. La rue La Boétie est une rue longue d'un kilomètre non loin des Champs-Élysées, entre la rue du Faubourg-Saint-Honoré et la mairie du VIIIe arrondissement de Paris. Sur le bitume, les motos et les camions de livraison exécutent un ballet incessant. Au numéro 13, il n'y a aucune plaque dorée. Je pense m'être trompée, quand je lève la tête. À la fenêtre ouverte du premier étage, un homme en costume sombre fume une cigarette. Les jeunes avocats, surtout s'ils ont de l'ambition, ont un air reconnaissable. Il baisse les yeux vers moi, mais le bruit des bus couvre ma voix. Dans mon manteau élimé, je mime quelques gestes et la porte cochère en bois s'ouvre enfin. Leurs bureaux sont quasiment vides. Partout, des cartons à moitié ouverts jonchent le parquet vitrifié. Il n'y a pas de secrétaire. Le jeune avocat a l'air content de me voir, comme si j'étais une voisine qui se présentait à lui. Je pense : espèce d'idiote, pourquoi es-tu venue ici ? Ça ne marche pas comme ça.

« Ça ne marche pas comme ça », me sourit l'avocat après avoir écouté la raison de ma venue.

Depuis qu'il sait que je suis journaliste, il a l'air encore plus content de me voir. Le jeune avocat de Zakariya Banouni m'avait prévenue lors de notre entretien : le meilleur moyen d'apprendre à gérer les médias était de faire ses armes dans un grand cabinet, plus chevronné pour répondre aux demandes des journalistes. L'avocat en costume sautille sur le plancher jusqu'à un bureau où il note rapidement quelque chose.

« Ça ne marche pas comme ça », répète-t-il tout sourire en me tendant un Post-it.

Sur le bout de papier, il a écrit un numéro de téléphone.

« Voilà, appelez ce numéro ! »

Je réponds gênée : « C'est le numéro de l'accueil.

— Oui ! Appelez et vous verrez bien !

— Vous savez bien que personne ne me rappellera.

— Mais si, mais si ! » assure-t-il en tendant la main vers la sortie.

Peu de temps auparavant, j'avais trouvé l'adresse du père d'Eva dans l'annuaire. Je l'avais notée à trois endroits différents, de peur qu'elle ne disparaisse. Néanmoins, je n'avais pas l'intention de me pointer chez lui sans prévenir. Mathieu m'avait avertie : débarquer chez les gens n'était jamais l'idée du siècle.

« Et ne crois pas que c'est plus facile quand tu es un homme, avait-il ajouté. Toi tu te ferais éventuellement insulter, mais quand tu es un mec, personne n'hésite à te casser la gueule. Je t'ai raconté la fois où j'ai vu, à travers la fenêtre, un type prendre sa carabine dans son buffet ? Enfin, je ne suis pas certain que c'était une carabine, j'ai préféré partir avant d'en avoir la confirmation. »

À la différence de Mathieu, j'avais tout le temps du monde. Je n'avais de comptes à rendre à personne, pas même à Carron qui plaçait une confiance aveugle dans mon projet. J'avais donc eu tout loisir de retourner le problème dans ma tête. Le moyen le plus sûr d'approcher le père d'Eva Bourseau, et surtout le moins intrusif, était de lui écrire une lettre manuscrite. La plus sincère possible. J'en ai gardé le brouillon quelque part dans ma bibliothèque :

Monsieur,

Je suis chroniqueuse judiciaire pour Slate.fr et Arte Radio. J'ai mis longtemps avant de trouver le courage de vous écrire cette

lettre. La peur de ne pas trouver les bons mots, sûrement. J'ai retourné les phrases maintes et maintes fois dans ma tête avant de vous contacter. J'espère que vous ne m'en voudrez pas de le faire de cette manière, je n'ai pas trouvé d'autres moyens. Cela fait deux ans que je souhaite écrire l'histoire d'Eva. Et ainsi, la vôtre. Je suis désolée de ce qui vous est arrivé. Personne ne peut se mettre à votre place, et j'ai besoin de votre aide pour raconter tout ça. Pour aider à mon tour les gens à comprendre. Si vous en avez le temps et l'envie, j'aimerais beaucoup vous rencontrer. Sans caméra, ni rien, car ce sera par écrit. Si possible avec vos mots à vous. Rien ne sera publié avant le procès. Cela peut être dans trois jours ou trois semaines, cela n'a pas d'importance.

Trois mois plus tard, en audience, mon téléphone vibre dans ma poche. Un numéro inconnu m'appelle. Je me lève et traverse précipitamment la salle. C'est lui. Je sais que c'est lui. Sur le chemin, j'enjambe les sacs à dos, les sacs à main, les sacs à roulettes, et me prends à moitié les pieds dans un câble d'ordinateur au bout de la rangée. Il faut que j'atteigne la sortie avant qu'il ne tombe sur mon répondeur. Dès que la porte s'ouvre, mon dos pivote vers l'extérieur et je passe le doigt sur le téléphone.

« Bonjour madame, dit la voix. Christophe Bourseau à l'appareil. J'ai bien reçu votre lettre. »

12

Quand un avocat vous dit : « J'ai une affaire qui pourrait vous intéresser », cela veut dire qu'elle ne vous intéressera pas, mais qu'il aimerait que vous en parliez. Dans la bouche d'un membre de l'institution judiciaire, un seul terme décrit le réel intérêt d'une affaire : « C'est un beau dossier. » Le terme a un autre avantage, celui de sonder l'interlocuteur, car bien sûr il n'y a aucune beauté dans le crime et les gens du métier le savent. Voilà pourquoi ils peuvent se permettre de le dire. La beauté d'un dossier n'a rien d'esthétique. Elle ne se mesure pas à la qualité d'une enquête et ne relève d'aucun idéal. La beauté d'un dossier ou d'une affaire, c'est sa capacité à vous métamorphoser.

Quand Me Laurent Boguet me parle de sa cliente Édith Scaravetti, je ne connais rien de l'affaire. Il y a de ces procès où je préfère arriver en en sachant le moins possible, pour mieux entrer dans la tête des jurés. Sur le banc des accusés, Édith Scaravetti apparaît distante, loin du monde et des siens, et c'est vrai que ses enfants lui manquent. Sa peau est translucide, et son chignon singulier. En apparence, c'est un simple chignon, mais à y regarder de plus près, on remarque sa complexité, sorte de composition de nattes entrelacées puis nouées ensemble. Elle est habillée sobrement. Son attitude est celle d'une personne souffrant d'un mal étrange. Édith Scaravetti a 32 ans, mais elle paraît avoir vécu bien plus longtemps.

Le 11 août 2014, Édith Scaravetti, aide à domicile, pousse la porte du commissariat. Son compagnon, Laurent Baca, a disparu depuis cinq jours. Ils se sont disputés et le père de ses trois enfants est parti sans téléphone, sans vêtement de rechange, sans voiture ni argent. La commandante de police chargée de la protection de la famille ouvre tout de suite une enquête pour « disparition inquiétante de personne majeure ». Dans ce cadre juridique, on ne peut pas placer quelqu'un en garde à vue. On recherche une personne disparue et non une infraction. Tout le monde est parfaitement libre de circuler et de disparaître sans donner de nouvelles à ses proches. « C'est le terme "inquiétant" qui nous intéresse », explique la commandante à la barre.

Devant sa belle-famille, Édith Scaravetti évoque d'abord l'état dépressif de son mari : son fils aîné, qui vit à Nîmes avec sa mère, lui manque terriblement. L'explication ne tient pas : qu'il soit parti voir son fils, passe encore, mais Laurent Baca n'aurait pas laissé sa propre mère sans nouvelles. Édith en convient. Elle confie très vite un autre motif de disparition à ses proches : en fait, Laurent est parti faire un go fast en Espagne, une technique de bande organisée pour importer rapidement de grosses quantités de stupéfiants.

Sur les bancs des parties civiles, la sœur de Laurent Baca, Jennifer Baca, apparaît comme une petite femme aux épaules solides et au caractère bien trempé. À la seconde où elle a vent de la disparition de son frère, elle remue ciel et terre pour le retrouver. Elle sonne aux portes du quartier, appelle les hôpitaux et court les commissariats des alentours jusqu'en Espagne, puisque Laurent y est parti pour un go fast. Elle lance des avis de recherche sur les réseaux sociaux, contacte France 3 et *La Dépêche du Midi.*

Une disparition est un poison. Elle fait naître une plaie si béante qu'elle occupe tout l'esprit. À la cour, Jennifer Baca indique: «J'ai posé des congés sans solde pour partir à sa recherche.»

Au milieu de l'agitation, Édith, elle, ne fait rien. Ou plutôt si: elle se rend invisible. Elle ne passe ni ne reçoit d'appels téléphoniques. Les volets sont fermés de jour comme de nuit. Chacun remarque qu'elle perd du poids à vue d'œil, tremble de tous ses membres et fume cigarette sur cigarette.

Face aux jurés, la commandante de police explique: «Le comportement d'Édith Scaravetti nous laissait très perplexes.» Déjà, un élément du dossier les avait alertés: cinq jours entre la disparition d'un conjoint et la déclaration de sa disparition, c'est beaucoup. Ensuite, durant les investigations, Édith Scaravetti semblait «détachée et non concernée». La jeune femme n'appelait jamais la brigade. D'habitude, les personnes en mal de réponses contactent spontanément les officiers de police pour apporter des faits qui leur sont revenus en mémoire, ou ne serait-ce que pour demander où en sont les recherches. Pas Édith Scaravetti. Les enquêteurs ne trouvaient aucune trace de l'homme de 37 ans, ni dans les prisons – Laurent Baca était consommateur et revendeur de cannabis et de cocaïne pour arrondir ses fins de mois – ni dans les hôpitaux du coin. Aucun mouvement sur ses comptes bancaires n'était relevé. La commandante de police avait donc demandé l'ouverture d'une information judiciaire pour avoir des moyens supplémentaires. Cela leur permettrait, notamment, de mettre Édith Scaravetti sur écoute. Ils ne croyaient pas à la thèse du départ volontaire. « Nous étions convaincus du décès de Laurent Baca. Mais nous ne savions pas pourquoi ni comment », explique la commandante.

Trois mois après sa disparition, Laurent Baca était toujours introuvable. Édith Scaravetti répétait à ses enfants : « Ne vous inquiétez pas, votre père va revenir. » Peut-être en était-elle persuadée. La nuit, quand une voiture roulait dans la rue, elle pensait que c'était lui qui rentrait. Les fêtes de Noël sont un moment important pour la famille Baca. Ils s'y préparent dès les vacances de la Toussaint. Lorsque Jennifer Baca, qui est aussi la confidente d'Édith, lui demande quel cadeau elle aimerait, celle-ci répond simplement : « Qu'il me revienne. » Édith dîne avec eux, pleure avec eux, les embrasse, les serre dans ses bras. La famille de Laurent adorait Édith. Ils la connaissaient depuis ses 17 ans. Ils auraient pu tout lui pardonner.

Un matin de novembre, à 8 heures, la brigade de la sûreté départementale sonne chez Édith Scaravetti. Son silence n'a que trop duré. À peine ont-ils posé le pied dans la maison immaculée que les enquêteurs sont saisis par l'odeur. « Pardonnez-moi l'expression, mais ça sentait la mort », raconte un policier à la cour. Édith s'excuse : les enfants ont été malades cette nuit. Mais la mort et la maladie n'ont ni la même odeur ni le même poids sur les consciences. Les policiers inspectent le garage, la cuisine, le jardin et même le terrain vague à proximité. Rien. Il y a ce puits, qui pourrait être une cachette idéale. Les sapeurs-pompiers le sondent, en vain. Sur le canapé, Édith Scaravetti plie le linge d'un air absent.

La SRPJ décide alors de passer le rez-de-chaussée au BlueStar, le révélateur de traces de sang. Les enfants ont été confiés aux voisins dès le début de la perquisition. Tout le monde doit quitter la pièce. Édith monte dans sa chambre. Vêtue d'une combinaison blanche, la police technique et scientifique pulvérise le produit dans la cuisine, le salon, le garage. Édith s'assoit au bord du lit. En bas, les techniciens ferment les volets et éteignent la lumière. Édith discute avec les enquêteurs restés avec elle. Elle leur parle d'une arme posée en haut de l'armoire, emballée dans une serviette-éponge. Une carabine 22 Long Rifle qui appartient à son grand-père. Sans que personne s'y attende, elle s'effondre, la tête entre les mains : « Je suis un monstre, je suis un monstre ! J'ai retourné l'arme contre lui. » Au rez-de-chaussée, des points bleus s'illuminent dans le noir. Des traces de sang, dans le garage, dans la cuisine et sur l'accoudoir du canapé du salon.

L'enquêtrice demande à Édith Scaravetti :

« Où est le corps ?

— Il est au-dessus de vous. »

Au-dessus de la chambre, dans les combles en travaux, l'équipe découvre, entre deux piliers de briques, un coffrage fait de béton, de plâtre et de cartons. À l'intérieur, le corps de Laurent Baca gît dans des sacs-poubelle remplis de liquide de putréfaction. Il est 11 h 10. Une instruction pour meurtre est ouverte. Les mauvaises nouvelles se propagent vite et mal : quelques jours plus tard, le fils aîné de Laurent Baca entre dans une maison de la presse à Nîmes pour acheter des bonbons. Son regard s'arrête sur les magazines. En une du *Nouveau Détective*, il lit : « Pendant trois mois, ils ont dormi avec le cadavre de leur père ! » Sur la photo, le garçon reconnaît le visage de son père et celui d'Édith. Personne n'a pris la peine de prévenir cet enfant. Au lieu de bonbons, il a acheté le magazine.

Dès le départ, un élément important avait émergé du dossier : les disputes du couple évoquées par des amis de Laurent Baca et d'Édith Scaravetti. À la barre, nombre d'entre eux le formulent ainsi : « Ils avaient des hauts et des bas. Comme tous les couples. » Laurent Baca ne travaillait pas et restait à la maison. Sa propre mère admettait qu'il avait un problème avec l'alcool. Les témoignages, quasi unanimes, confirmaient que Laurent buvait plus que de raison. Qu'ivre, il devenait une autre personne, agressive, voire délirante, le verbe haut et mauvais. « Quand il buvait, il pouvait devenir con », rapporte un de ses copains. Des colères telles que la famille Scaravetti ne venait plus leur rendre visite. « Les repas de famille, on n'arrivait pas à aller jusqu'à la fin, explique le grand frère d'Édith à la cour. On n'arrivait pas à le gérer. On le gérait pas. » Les enfants avaient déjà appelé leur mère sur son lieu de travail parce qu'ils avaient peur. Et puis, Laurent Baca était maniaque. Sa maison, ses enfants devaient être impeccables. Édith s'occupait de tout. Le ménage, la cuisine, les trois enfants qu'il fallait emmener à l'école, au centre de loisirs et aller rechercher après le travail. Les devoirs, le jardinage, les courses aussi. En audition, un des copains de Laurent Baca avait précisé aux enquêteurs : « Je n'ai jamais vu de femme comme elle, comme dans l'ancien temps. [...] Je la décrirais comme exceptionnelle. Laurent a beaucoup de chance de l'avoir. » Le soir, elle déposait toujours la capsule de café dans la machine pour que, le matin, il n'ait qu'à appuyer sur le bouton.

Ce n'était un secret pour personne. La drogue non plus. Les joints et la cocaïne, tout ça était su. Laurent Baca n'était peut-être pas junkie ni même vraiment alcoolique, mais il souffrait d'un autre mal. Car il y avait bien un secret, un secret si puissant qu'il rétrécissait tout. Dans la maison, il y avait Édith, Laurent, et autre chose. C'était la maladresse d'Édith se cognant aux portes, ses gestes un peu amples en ouvrant le placard de la cuisine et la rampe d'escalier un peu trop loin en trébuchant. L'enquête autour de la disparition de Laurent Baca avait délié les langues. Les discours provocateurs, les marques de doigts sur le bras, les bleus sur les jambes, et Édith toujours plus réservée, plus calme, plus pensive. L'absence de plainte – et même l'absence de main courante – était une chose. Mais ce qui avait troublé les enquêteurs, c'est que la seule à ne pas saisir leurs allusions aux violences conjugales était Édith Scaravetti elle-même. Lors d'une deuxième audition au commissariat, ils l'avaient confrontée aux déclarations de ses connaissances. La jeune femme avait minimisé : « Faut pas exagérer, ce n'est pas si grave que ça. »

Au troisième jour de son procès, le président de la cour d'assises demande à Édith Scaravetti de se lever. Certains présidents interrogent régulièrement l'accusé au fil des journées : lorsque sa personnalité est discutée, par exemple, ou pour lui demander ce qu'il a pensé de l'enquête. Parfois l'accusé est d'accord avec tout, et parfois il est heurté par une infime inexactitude dont tout le monde se fiche. D'autres présidents préfèrent au contraire consacrer une journée entière à entendre l'accusé. Cela signifie : commencer dès la sonnerie de la cloche et finir à l'heure du dîner, si tant est que vous viviez à l'espagnole. Ce sont généralement des audiences compliquées. La fatigue est poussée hors du cortex par je ne sais quelle hormone, et l'esprit devient plus vif ; les yeux s'assèchent, le stylo glisse sur le papier à toute vitesse jusqu'à le brûler. Mais la fatigue trouve toujours un moyen de se manifester : c'est une journée qui met les nerfs en pelote.

Ce matin où l'on doit entendre Édith Scaravetti, le ciel est clair. Un soleil blanc et froid filtre à travers les fenêtres derrière le box des accusés. Par une drôle de conjoncture, un rayon unique éclaire Édith Scaravetti. Debout, elle prend enfin la parole.

« À l'âge de 12 ans, j'étais partie en vacances. Je suis partie plus tôt de la plage. Je me sentais pas très bien. Je suis allée dans les douches... Je ne vais pas vous décrire ce qui s'est passé. Je suis retournée à notre emplacement. Je ne sais pas comment expliquer comment on se sent, aussi bien physiquement qu'intérieurement. C'était un homme grand. Je ne saurais pas dire. J'étais au camping avec mes parents et un de mes frères. Quand je suis rentrée, il n'y avait toujours personne. Quand mes parents sont rentrés, ils étaient avec des amis. On ne sait pas ce qu'il faut dire, raconter et, au fond de moi, j'étais persuadée d'avoir fait quelque chose de grave. J'en ai parlé qu'avec Laurent, au début de notre relation. On parlait beaucoup de nos souffrances communes, et puis il a remarqué qu'au début de nos relations sexuelles j'étais très mal à l'aise, il m'a poussée à lui parler, il voyait que quelque chose n'allait pas.

À partir de ce moment-là… Je ne sais comment expliquer l'enchaînement des choses. On se replie sur soi, on n'arrive pas à admettre. On se réfugie dans la souffrance des autres pour oublier la sienne. Mes parents étaient en train de divorcer, c'était une période très compliquée, celle-là aussi. Avec ma mère, on avait une relation fusionnelle. J'ai grandi avec la certitude que j'avais été très désirée par ma mère. Cette histoire, que mon père ne voulait pas de troisième enfant, on me l'a rabâchée, rabâchée. Je ne voulais pas que ma mère reste avec mon père à cause de moi. Ma mère a fini par partir. Je me suis retrouvée seule avec mon père, et je dois avouer que je m'en suis voulu. Je n'avais jamais vu mes parents avoir des gestes d'affection, et j'ai vu mon père souffrir. Je m'en suis voulu. Ma mère partait de plus en plus, et je suis restée avec mon grand-père. Il avait un début d'Alzheimer, je restais avec lui avec envie, car je ne l'avais pas vraiment connu. J'apprenais à connaître mon grand-père. Il fallait le mettre au bain… »

J'ai arrêté de respirer. Je suis un autre rythme, celui de mon stylo qui court sur le papier. Je veux une retranscription impeccable des mots d'Édith Scaravetti.

« La toute première fois que j'ai vu Laurent, il faisait un peu le kéké, et la deuxième fois où on a fini la soirée ensemble, il pleurait par rapport à son fils. J'ai entendu tous les témoignages qui ont été dits depuis plus de deux jours, qu'il était gentil et avait le cœur sur la main, et c'est vrai. On dit aussi que c'était un monstre violent, et c'est vrai aussi. Mais ce que je voudrais dire, c'est que c'était un homme en grande souffrance. Et je ne comprends pas pourquoi on ne parle pas de sa souffrance à lui. J'ai vu cet homme pleurer, être sincère et être perdu presque autant que je pouvais l'être. J'étais enceinte, il est venu s'installer chez mon grand-père en août 2004. Ma première fille, je suis tombée enceinte sous pilule. Mon fils, pareil, et ma seconde fille, sous stérilet. Ce n'étaient pas des grossesses "désirées", comme on dit. J'ai fait trois IVG, deux en 2008 et une fin 2013. Ça n'a pas été un choix facile. On en a discuté. Mon grand-père était malade... et avec Laurent, ça devenait plus complexe. Il me demandait plus de temps pour lui, j'étais fatiguée et, selon lui, j'étais déjà pas capable de m'occuper de trois enfants. Alors, c'était la meilleure décision à prendre.

« Ce problème d'alcool existait déjà quand je l'ai rencontré. Au fil des années, ça s'est aggravé. Il est tombé dans un engrenage plus important, avec les excès d'un homme qu'on a pu décrire. La première fois, c'était le jour où mon grand-père est parti en maison de retraite. Avec sa maladie, il devenait violent, agressif, il buvait beaucoup, et j'ai dit à ma mère que je ne pouvais plus m'en occuper, alors elle l'a mis en maison de retraite. Et ce jour-là, quand je suis rentrée, j'ai vu un Laurent que je ne connaissais pas. Il y avait du cannabis sur la table, il était ivre. Je voulais qu'il parte. Il a été très virulent, il m'a plaquée contre le mur, m'a mis un couteau sous la gorge, l'a descendu sur le ventre et m'a dit : "Y a déjà une connasse qui est partie avec mon enfant, ça n'arrivera pas une seconde fois." Il m'a dit qu'il était chez lui et qu'il y resterait. On se dit qu'il y a quelque chose qu'on n'a pas vu. Peut-être qu'il a cru que j'avais voulu lui faire la même chose. Je pense avec du recul qu'il avait peur de souffrir à nouveau. Pendant les trois grossesses, les choses se sont installées sur le côté psychologique. Laurent voulait... C'était quelqu'un de très maniaque, il voulait que la maison soit nickel, que les enfants soient nickel, et j'étais jamais à la hauteur de ce qu'il voulait. Le premier avortement a été très dur à vivre. Il aimait les enfants autant que moi, ça n'a pas été une décision facile à prendre. Les choses ont commencé à changer dans l'intimité. Il avait des exigences qu'il n'avait pas avant, il disait qu'il était frustré. Les relations sexuelles pouvaient être classiques ou très exigeantes, violentes, brusques. C'est un tout, les violences sexuelles... Tout est lié dans notre relation. Il était très lunatique. Quand il avait bu, il pouvait changer en une minute. Il pouvait être charmant, puis partir dans une folie extrême. Et puis il s'arrêtait tout net comme si rien ne s'était passé. Et c'est ce qui n'est pas ressorti de Laurent dans toutes ces déclarations, l'essentiel de Laurent. Sa souffrance. Il s'est réfugié là-dedans, dans l'alcool et dans la drogue. L'attitude qu'il avait à ce moment-là n'était pas l'homme qu'il était. On se prenait beaucoup la tête sur nos familles respectives. Il me disait: "Tes parents, ils étaient bien contents de t'avoir pour s'occuper de ton grand-père, mais ils ne sont pas présents." Il répétait, et ce sera sûrement désapprouvé, qu'il était le chat noir de sa famille. Sa famille ne lui faisait pas de reproches, mais il se sentait dénigré. Je ne comprenais pas parce qu'on les voyait, et moi je minimisais le silence de la mienne. Il ne supportait pas ce qu'il appelait mon "inertie". De son fils aîné, il a énormément souffert. C'était une grande partie de lui, cette souffrance. Cette souffrance-là. Quand il avait bu, il en parlait, il me tirait par les cheveux et me disait:

"Comprends, comprends!" Puis ça a été des coups de pied, des coups de tête. Ça pouvait être à propos de tout ou rien. Nos familles, les enfants, une toile d'araignée dans un angle, une chemise qu'il voulait mettre ce jour-là et qui n'était pas repassée... »

Édith Scaravetti marque une courte pause, le temps d'un souffle : « J'espère vraiment que sa famille, ses amis qui sont présents comprennent que ce que je leur ai fait est horrible, mais je ne suis pas là pour le faire passer pour un monstre. Je ne veux pas que ce soit ce que l'on retienne de lui. J'ai énormément souffert, je ne veux pas minimiser ce que j'ai vécu. Mais je ne veux pas minimiser ce qu'il a vécu aussi. » Puis : « À la télévision, on voit les reportages sur les femmes battues, et on parle toujours de leur silence. Tout homme violent avec sa femme ne la bat pas par plaisir. Il ne se lève pas le matin en se disant : "Je vais être un sale type." »

L'avocat général intervient : « La société a levé le voile sur ces sujets-là, on n'est plus dans les années 1950, 1960, et on est à Toulouse ! »

Le président lui demande : « Pourquoi n'en avoir jamais parlé ?

– On ne veut pas se dire qu'on a vécu ça. On ne veut pas l'admettre. Et puis, tout s'oublie », répond Édith Scaravetti.

À la cour d'assises, les détails techniques, la direction du vent au moment des faits et la position du doigt sur la détente finissent par être oubliés. Mais personne n'oublie ce qu'il a pu ressentir. Et ce qui va suivre, je ne l'ai jamais oublié. On demande à Édith Scaravetti de parler pour de bon cette fois, de dire tout ce qu'elle n'a jamais dit, par pudeur ou par honte, et de raconter l'épisode qui l'a le plus meurtrie.

«Au retour de mon avortement, j'avais un traitement médicamenteux. [Laurent] m'en voulait d'avoir tué son enfant. [...] Il m'a mise sous la douche et m'a fait revivre le viol que je lui avais décrit. C'était la seule personne qui m'avait écoutée réellement. Il me faisait subir ça, et je ne me suis pas raccrochée à ce qu'il venait de me faire vivre. Je me suis raccrochée au fait qu'il m'avait vraiment écoutée. Il m'avait compris.»

À cet instant, ma main se relâche. Je lève la tête et regarde Édith Scaravetti. Je ne sais pas ce qui s'est passé ce 6 août 2014. Je ne sais pas si les faits se sont déroulés comme elle le dit, ou s'ils étaient pires. Si, après une nuit de violences, Laurent Baca avait réellement pointé la carabine 22. Long Rifle sur sa propre tempe, lui ordonnant: «Vas-y tire! Fais quelque chose, pour une fois dans ta vie!» Si Édith Scaravetti avait réellement voulu lui retirer l'arme des mains, et qu'alors le coup était parti tout seul. Hors de ce huis clos, aucun des trois enfants n'avait entendu quoi que ce soit, malgré les 140 décibels que peut produire une arme de ce calibre. La benjamine a confié à son avocate: «Je crois que c'était un accident, parce que si c'était pas un accident, elle l'aurait fait depuis longtemps.»

Je ne sais pas si Édith Scaravetti est coupable d'homicide volontaire ou non. Au terme de sa déposition, elle-même regrettera: «Rien ne ressort de ce qu'a été ma vie. On ne parle que de noir et de blanc. Je ne suis pas complètement parfaite ni complètement manipulatrice.»

Ce dont je suis sûre, en revanche, c'est qu'il existe des silences plus froids que d'autres au sein des cours d'assises. Quand Édith Scaravetti raconte ce qui s'est passé sous la douche, tout le monde se tait. Devant elle, son avocat, Me Boguet, baisse les yeux. Je reprends ma respiration. C'était donc ça : le désastre était arrivé à cause de la terreur incommensurable de ne pas être aimé.

En descendant l'escalier principal, une grande reporter de la presse judiciaire s'emporte : « On peut partir maintenant. Elle a tout dit. Qu'est-ce qu'il y a à ajouter à ça ? C'était exceptionnel. Exceptionnel. À côté d'elle, ils sont tous médiocres. » La journaliste n'est pas revenue pour le verdict le lendemain. Elle n'a pas entendu la cour prononcer ces mots : « Conformément à la règle juridique fondamentale, le doute doit profiter à l'accusée. »

La cour reconnaît Édith Scaravetti coupable de l'homicide involontaire de son compagnon, Laurent Baca, et la condamne pour cela à trois ans d'emprisonnement. Après trois ans et demi de détention provisoire, elle est libre. À l'énoncé de ce verdict, la famille Baca et ses proches bondissent de leur siège. Jennifer, la sœur de Laurent Baca, hurle aux jurés de toutes ses forces : « J'espère que vous vivrez ce que nous avons vécu ! » Immédiatement, les policiers tentent de faire barrage entre les parties civiles et le box des accusés. Le président de la cour ordonne : « L'audience est levée ! » et les jurés quittent la salle. Dans le vacarme ambiant, je me retrouve face à Me Boguet. Nous nous sourions faiblement. Je le regarde bien. Et là, je vois : il a les yeux rougis de larmes.

Une fois dehors, il me confie, une cigarette entre les lèvres : « Après toutes ses caisses, Élise, toutes ses caisses que je me suis prises dans des dossiers de violence conjugale où on essaie d'expliquer, encore et encore... de voir qu'ils l'ont écoutée... »

Puis un soupir : « C'est pour ça qu'on fait ce métier. »

Un vague sentiment de honte envahit ma poitrine. Depuis le début, Laurent Boguet savait ce que je cherchais. *Heureux celui qui a pu pénétrer la raison des choses.* Cinq minutes lui avaient suffi pour le comprendre. Alors, il m'avait aidée. Et tout ce temps, qu'avais-je su de sa quête à lui ? Je n'avais même pas pris la peine de me poser la question. Sans dire un mot, je l'observe. En le voyant là, dans son bombardier en cuir, son casque de moto à la main, la honte s'estompe pour laisser place à un battement triomphant. Tout à coup, je comprends. Il y a bien longtemps, dans le préfabriqué blanc, le professeur m'avait prévenue : « Vous prenez trop le droit pour argent comptant, vous devriez vous en détacher. » J'étais trop jeune, cela m'avait échappé. Mais aujourd'hui, je comprends.

Les palais de justice, toutes ces colonnes et ces vieilles sculptures, toutes les épitoges et les grandes manches, les gros codes rouges en lettres d'or, tout ça ne doit pas nous faire oublier : la loi est ce que les hommes en font.

13

Quand vous avez vu une chambre d'hôtel, vous les avez toutes vues. En revanche, elles ne s'habitent pas de la même façon. Il y a celles où l'on travaille jusque tard dans la nuit, d'autres où on appelle sa famille, et quelques-unes où l'on dort d'un sommeil de plomb. Le tourisme judiciaire ne me fait rien voir du vieux Nantes ni du plateau des Mille Étangs en Haute-Saône. Je ne sens pas les champs de lavande de l'arrière-pays provençal ni le parfum des plages de Normandie. Ce que les chroniqueurs judiciaires voient n'est pas classé au patrimoine de l'Unesco. Ce sont les dégueulasseries des hommes, leurs faiblesses, l'odeur de leur sueur et leurs regards noirs. C'est un paysage apocalyptique. Au cours de ces deux ans passés à essaimer les palais de justice, j'ai appris que la violence d'un coup détermine l'intention de tuer. Que la chaux empêche un corps d'émettre les effluves de la mort et d'être déterré par des chiens pisteurs. Que le meilleur chien pisteur est le saint-hubert, ce chien massif aux oreilles tombantes et aux longues babines. J'ai appris dans quelles conditions le BlueStar, le révélateur de sang, est utilisé. Que les traces de sang sur des rideaux peuvent dire la fureur de l'acte criminel et que les taches de sperme ne disparaissent pas à moins de 80 °C en machine. Que, contrairement à la croyance populaire, il existe dans le Code pénal très peu de circonstances atténuantes et bien plus de circonstances aggravantes. Que l'amour ne rend pas fou. Par conséquent, les crimes passionnels constituent une légende, là où il n'y a jamais que des crimes d'amour-propre.

Que les excuses, bien que nécessaires, résonnent de manière grotesque dans une cour d'assises, et que les yeux secs sur un visage grimaçant sont un signe d'absence de remords sincères. Que l'inceste se retrouve sur plusieurs générations dans une famille et que le seul moyen de briser la malédiction est de confier le secret à un adulte qui y croira. Que le président d'une cour d'assises peut entendre n'importe qui en vertu de son pouvoir discrétionnaire. J'ai appris les dégâts que peut faire une balle de 9 mm, la trajectoire d'une gerbe de plomb à bout portant, le bourdonnement dans les oreilles après un tir. J'ai appris comment, désormais, il est possible de savoir pourquoi un téléphone portable s'est éteint, si c'est le fait d'une manipulation humaine ou d'une batterie déchargée. Que la médecine légale permet de savoir si un coup est ante mortem, perimortem, ou post mortem. Que l'os hyoïde peut se briser sans tuer. Que le crime n'a jamais que trois origines possibles : argent, pouvoir, ou sexe. Que certains ne considèrent rien comme sacré. J'ai découvert qu'un avocat peut avoir peur de son client, que les commissaires de police peuvent être terrifiés à l'idée de passer à la barre pour exposer leur enquête aux jurés, que les experts psychiatres craignent la simulation de maladie mentale, car cela leur fait perdre un temps considérable. J'ai compris que les greffiers sont, dans la chaîne judiciaire, ceux qui maîtrisent le mieux les textes de loi. Que les plaidoiries n'ont pas l'impact que l'on imagine, elles ne font pas basculer un procès, les dés sont jetés bien avant. Que l'on juge un homme ou une femme, avant de juger un dossier. Et que personne ne connaît vraiment personne. Même les gens ordinaires ont de sombres secrets.

Parfois, je me surprends à ne plus pouvoir tenir une conversation anodine. Je ne comprends plus à quoi ça sert, les banalités, elles m'embarrassent. Je préfère aller tout de suite au fond des choses. Au quotidien, je n'oscille plus qu'entre deux modes : les cinq sens en alerte et le retrait du monde. Cette façon de se comporter doit finir par se voir, j'imagine.

Un après-midi, je suis dans le métro. La ligne aérienne fend le ciel au milieu d'un champ de grues jaunes. Le vent d'ouest les fait tournoyer au-dessus des immeubles. Une femme, assez jeune, s'assoit à côté de moi et commence à me parler. Ce qu'elle dit n'a rien d'intéressant. Elle me parle comme à une connaissance qu'on croiserait par hasard. Elle me raconte sa journée, ses courses et le monde en ville. Je sens qu'il y a quelque chose, sans parvenir à mettre le doigt dessus. Elle n'a pas l'air mal ni droguée. Ses pommettes sont rouges, mais elle est plus sobre qu'une nonne. Elle n'a pas l'air à côté de la plaque ni perdue. Elle ne me prend pas non plus pour quelqu'un d'autre. C'est juste ce quelque chose. Un petit quelque chose au bord du précipice. Quand elle arrive à sa station, elle me demande si je descends moi aussi. Mais ce n'est pas mon arrêt. Alors, elle sourit et se lève. Au moment où les portes de la rame s'ouvrent, elle se tourne vers moi une dernière fois et, sur le même ton que tout le reste, me dit : « J'ai perdu ma mère il y a trois mois, et depuis tout a changé. »

14

Sur l'écran, les dates d'examen de fin d'année de mon année de criminologie s'affichent en bleu. Les oraux se tiendront fin juin. La même semaine que le procès d'Angel Valcarcel à la cour d'assises de l'Hérault.

Angel Valcarcel est poursuivi pour l'assassinat de sa belle-fille, Vanessa Mayor, commis en août 2013. Un an auparavant, son fils s'était donné la mort. En rentrant de soirée, à l'aube, il avait enlevé son tee-shirt et l'avait plié sur la table du salon. Puis, alors que Vanessa et leurs deux enfants dormaient, il avait attrapé un foulard et s'était pendu. Angel Valcarcel adorait son fils. Il lui avait donné son prénom, Angel. Adorer est un mot encore trop faible pour expliquer le lien qui les unissait. Angel Valcarcel père n'avait pas compris le geste de son fils. Après son suicide, il était tombé dans un tunnel plus sombre que la mort. Il pleurait sans cesse. Il pensait à lui constamment. Peu à peu, sa tristesse s'était muée en colère.

À l'ouverture de son procès, il porte une chemise blanche bien repassée, et des lunettes sur le nez.

« Il est normal d'être malheureux, dit l'expert psychiatre mandaté par la cour. La tristesse est normale. Mais ce qui est normal aussi, c'est que l'on doit aller mieux au cinquième mois qu'au troisième, mieux au dixième mois qu'au cinquième, et ainsi de suite. Ça ne va pas bien, mais ça va un peu moins mal. C'est ce que raconte la fable de La Fontaine *La Jeune Veuve* : "Entre veuve d'une année et la veuve d'une journée, la différence est grande". » Antoinette, la femme d'Angel Valcarcel, avait elle aussi perdu son enfant. Face à la cour, elle explique : « Moi j'étais malade, je prenais beaucoup de cachets. J'avais du mal à me dire que mon fils était mort. Je ne dormais plus. Mais pour mon mari, c'était autre chose. »

À la barre, les témoins tournent le dos au public et aux bancs de la presse. Il est donc nécessaire de trouver une caractéristique physique qui trahirait l'émotion ailleurs que sur les expressions du visage. Dans le pli du genou, les mains rougies et la nuque tendue, on peut percevoir les espoirs déchus, les raisonnements d'autrefois et les hurlements intérieurs. L'épuisement se voit à la cambrure du dos, tandis que l'amertume se niche entre les épaules. La voix, elle, contient tout le reste. Dans la voix, on peut entendre le tonnerre qui gronde au loin, l'abîme des dernières années, ou la résignation. Dans les pauses et les anecdotes choisies, on devine l'ourlet des lèvres et la couleur du regard.

Antoinette continue de parler de son mari : « Tout le temps, je le cherchais. Tout le temps, il était au cimetière. Même quand le portail était fermé, même en plein mois d'août. Il y restait toute la journée jusqu'à 11 heures du soir, minuit. » Dans un murmure, elle lâche : « Alors, on a acheté un parasol. »

Le crime est une substance volatile. Le travail de la justice consiste à retracer les étapes qui mènent à l'irréparable. Dans le cadre de l'affaire Angel Valcarcel, il y a les images, prises par la police technique et scientifique une heure après les faits, montrant le corps d'une femme couchée sur le plancher, sa robe orange moulante criblée de neuf balles. Les procès-verbaux, rédigés par des officiers de police judiciaire, qui servent à rapporter de lointains événements. La reconstitution, filmée un an après l'ouverture de l'enquête. Jusqu'au procès pénal où l'ensemble forme un présent en trois dimensions. À ce moment-là, la justice est un sablier que l'on retourne. « Monsieur, à quoi pensez-vous quand vous partez chez votre belle-fille au petit matin, une arme chargée dans votre sac ? » « Dans quel état d'esprit êtes-vous ? » « Voyez-vous votre petit-fils caché dans le placard de l'entrée ? » D'une certaine façon, c'est comme si l'événement venait de se produire sous nos yeux.

Pendant les procès, j'appelle régulièrement Carron pour lui dire où j'en suis. Ce soir-là, au téléphone, j'ai ma voix habituelle des suspensions d'audience. Un débit rapide, agité, presque logorrhéique. Je lui raconte le deuil pathologique d'Angel Valcarcel. Angel Valcarcel qui reprochait à sa belle-fille Vanessa de cacher un secret. Angel Valcarcel qui s'était alors mis à suivre Vanessa Mayor dans les rues d'Agde, à la traquer au parc de jeux pour enfants, à lui poser mille fois les mêmes questions. Pourquoi son fils était-il mort ? Pourquoi se serait-il suicidé ? L'avait-on tué ? Vanessa devait bien savoir pourquoi et comment c'était arrivé. Elle était là, dans l'appartement, le jour où son fils était mort. Mais surtout, elle était toujours en vie, et je crois que sa seule présence le renvoyait à l'absence de son fils. Quelle réponse aurait-elle pu lui fournir ? Quelle réponse pourrait soulager un parent de la mort de son enfant ? Je raconte à Carron les neuf balles tirées sur Vanessa Mayor. Neuf est un chiffre qui poursuit Angel Valcarcel. Ce sont ses mots. Son fils est né un 9 mai, décédé un 9 août. En garde à vue, il était dans la cellule 8: il aurait préféré la cellule 9. Je me libère de toute l'audience. J'énumère les chiffres et les dates, et répète la dernière phrase d'Angel Valcarcel à Vanessa Mayor avant de tirer: « Faut que ça s'arrête. »

On rappelle souvent que la réalité dépasse la fiction. Dépasser la fiction voudrait dire: « être plus incroyable que ce que l'on pourrait imaginer ». Mais la réalité n'est ni inouïe ni extraordinaire. Elle est douée d'infimes nuances que l'imagination est incapable de produire dans leur intégralité. La réalité a besoin de beaucoup de temps pour se créer. Pour se faire connaître, aussi. En choisissant de suivre le procès d'Angel Valcarcel, j'avais renoncé à me présenter aux examens du diplôme universitaire de criminologie. Et quelle importance? Aucun cours de procédure pénale, de psychiatrie criminelle ou de droit de la défense n'aurait pu m'apprendre ça. La réalité de l'achat du parasol pour les journées ensoleillées passées au cimetière.

15

L'ennui, avec le fait divers, est qu'il peut tenir en un titre. En voici un: « Une fille de 20 ans tue son père d'une balle dans la nuque ». C'est un fait parfaitement exact. Et, par là, on pourrait supposer qu'il s'agit de la vérité. Mais pour approcher la vérité, il faudrait commencer par donner le nom de l'accusée. Elle s'appelle Carmen Bois. Elle est l'aînée de six enfants. Il faudrait raconter sa passion pour les insectes et les livres et parler de l'eau déversée: des verres d'eau qu'on lui a jetés à la figure, de la pluie cet après-midi-là et de ses sanglots dans le bureau du commissaire. Il faudrait parler du code mis en place par Carmen et ses frères. Quand l'un d'eux entendait leur père rentrer du travail, il criait: «Alerte rouge!» pour prévenir les autres. Il faudrait aussi citer ses mots d'enfant, que sa grand-mère a gardés en mémoire: «Dis, mamie, pourquoi papa m'aime pas? Tu crois que si je faisais mieux sa glacière pour aller travailler, si je repassais mieux son linge et si je lui faisais quelque chose de bon à manger à l'heure où il veut manger, tu crois qu'il m'aimerait?»

La veille des faits, Carmen donnait le bain du soir au petit dernier. En sortant de l'eau, le garçonnet gigotait tant et si bien que Carmen n'arrivait pas à l'essuyer avec la serviette. «Elle lui a dit: "Tiens-toi tranquille"», se souvient un de ses frères à la barre. Leur père, Basile, dit Miguel, est issu de la communauté gitane. À la maison, tout le monde doit parler sa langue maternelle, l'espagnol. «Nous, on aimait pas trop parler espagnol, donc ce qu'on faisait quand mon père était là, c'est qu'on parlait pas, ou discrètement», explique le frère de Carmen.

Ce soir-là, personne n'entend le père rentrer, personne ne crie: «Alerte rouge!» et Basile, lui, entend les enfants parler français dans la salle de bains. Il est furieux. Le lendemain, la colère de Basile n'est pas redescendue. «Quand on fait une bêtise, il va nous en parler, puis arrêter, attendre, puis nous en reparler. C'est pas juste une fois, c'est sur des jours et des jours», indique Carmen Bois à la présidente de la cour d'assises. Au petit matin, il attrape la glacière préparée par Carmen dans l'entrée — elle se souvient encore de tout ce qu'il fallait mettre dedans, parce que c'était sa tâche à elle, alors elle peut encore réciter par cœur le nombre de couverts, de serviettes et de bouteilles d'eau – et il part au travail. À la barre, le commandant de police expose : « Pas de chance, car il faut qu'il n'y ait pas de chance pour que tout se passe mal : ce jour-là, il pleut. Le papa, qui travaille dans le BTP, est revenu à la maison parce qu'il ne pouvait pas travailler. »

Basile rentre, sa fureur en écharpe. « Mon père était en train de s'énerver, raconte Carmen. Il y a plusieurs stades. Premier stade : il ignore, il parle pas, y a pas de conversation. Puis il insulte. Là, il insulte ma mère en disant que c'est de sa faute, qu'elle avait qu'à pas se marier avec un Gitan, qu'il fallait respecter les coutumes, qu'il allait la défigurer, que sa mère pourrait pas la reconnaître. On lui dit d'arrêter, mais il s'en fout. Il continue. »

Et puis, en ce 1er avril 2016, arrive un geste exceptionnel. Pas exceptionnel dans le sens où ça n'est jamais arrivé. Exceptionnel dans le sens où ça n'arrive jamais devant l'aîné des garçons. « Il évitait surtout devant moi de me montrer qu'il pouvait frapper ma mère », rapporte le jeune homme.

Basile gifle leur mère en fauteuil roulant. L'aîné des garçons se jette alors sur lui. Basile redouble d'énervement : « Tu te mets contre moi, contre ton père ? Je n'ai plus de fils ! » Il se met à le frapper à son tour. La mère assène un violent coup de balai dans le dos de son mari.

« Là, il s'est retourné et… il lui a lancé un regard que j'ai jamais vu, poursuit Carmen. Ses yeux n'avaient plus la même couleur. Noirs, noirs, noirs. Il lui a dit : "Après, je m'occupe de toi." »

La famille avait mis au point un autre système. Quand Basile était trop énervé, ils appelaient Pierre, son père à lui, à la rescousse. Le grand-père de Carmen était la seule personne qui parvenait à apaiser les tensions. À la barre, la mère de Carmen Bois témoigne : « Le grand-père venait et il pleurait. Il disait : "Pourquoi tu fais ça ? Je ne t'ai pas élevé comme ça." Il disait : "Ta femme est toujours triste. Tes enfants sont toujours tristes. Ta maison est toujours triste." Il pleurait. » Il arrivait que le grand-père n'ait pas la force de venir. Alors, il prévenait José, l'un de ses onze enfants, pour qu'il se rende chez son frère Basile.

« Quand mon oncle arrive, je suis soulagée, reprend Carmen. Je me dis : ça y est, c'est fini. Mon oncle lui dit : "Mais qu'est-ce que tu fais, on vous entend gueuler depuis la rue, c'est pas normal ça !" et mon père lui répond : "Je suis chez moi, je fais ce que je veux". »

Il n'est pas midi. José reste déjeuner. Basile et lui boivent quelques verres de rouge. L'homme semble enfin calmé. Carmen dira plus tard à l'expert psychiatre : « Je regardais la vie avec quatre yeux. Les miens et les siens. » Elle le connaît bien. Elle sait. C'est un leurre. Son père fait semblant d'être calme. Sa mère le connaît depuis plus longtemps que Carmen, alors elle sait aussi. Elle prie José de rester un peu. José accepte de fumer une cigarette dehors, plus loin, et promet de revenir après. À peine a-t-il passé le pas de la porte que Carmen voit son père s'accroupir près du fauteuil roulant de sa mère : « D'habitude, il s'accroupit pas pour parler à ma mère. Ce jour-là, sa colère, c'était... c'était quelque chose. » Il lui chuchote : « Je vais mettre deux balles. Une pour toi, une pour ton fils. Et après, je vous emmènerai à la montagne. »

Basile, dit Miguel, parlait souvent de la montagne. De la montagne où il les pendrait et les enterrerait. Quand il prononçait ces mots : « On va aller dans la montagne faire des courses », les autres membres de la famille comprenaient qu'il allait se mettre à frapper fort.

La mère demande à Carmen de cacher le pistolet qui se trouve dans la chambre. Carmen fait mine d'aller chercher du linge, puis elle glisse l'arme sous les vêtements sales avec le chargeur. Le père se rend vite compte que son pistolet a disparu. Il ordonne à Carmen de lui rapporter l'arme, avec deux balles. Carmen va dans le garage, où elle a caché la pile de linge sale. Elle ne veut pas traverser le couloir qui mène au salon le pistolet à la main, parce que ses frères et ses sœurs pourraient le voir. Elle ne veut pas qu'ils aient peur. Son père aime leur faire peur. Elle glisse le pistolet sous son bras et rejoint son père dans le salon. Les autres enfants sont dans la cuisine et dans leur chambre.

Derrière la vitre du box des accusés, Carmen décrit : « Il me dit d'appuyer sur un bouton, y a un truc qui tombe. Il me dit de mettre une balle, je la mets à l'envers, alors il me dit : "Non, dans l'autre sens." Après je referme... ça, c'est facile. Puis il me dit de tirer un truc, indique-t-elle en mimant le mouvement de la gâchette. J'avais peur, j'en pouvais plus. J'avais mal au ventre. » Elle précise : « C'est la suite qui me fait peur. C'est pas vraiment l'objet en lui-même. C'est la montagne. »

Entre les mailles du filet de la peur, une idée parvient à se glisser dans l'esprit de Carmen. Il y a deux façons de faire redescendre la pression: «Il monte jusque dans les extrêmes. Jusqu'à ce qu'il tape ou que quelqu'un pleure. Une fois qu'il a atteint ce stade, il est calme.»

Carmen ajoute, d'un ton factuel: «Je préfère qu'il s'en prenne à moi plutôt qu'aux autres. Aux autres, j'aime pas. Moi, il me met une gifle et on en parle plus.»

Mais cet après-midi-là, son père n'a pas l'air de vouloir lui mettre une gifle, et personne ne pleure pour l'arrêter. Alors, Carmen pense à une autre solution: «Des fois, quand il entend du bruit, il a peur, il rigole, c'est un autre comportement.» Elle répète: «Je savais que quand lui, il a peur, ça se calme.»

Son père lui commande: «Tu prends une chaise, tu te mets à côté de moi. Tu poses l'arme à côté de moi, et après je vais m'occuper de ton frère et de ta mère.»

Carmen obéit. Elle se met derrière lui, le pistolet à la main. Elle ne se rappelle plus dans quelle main, si c'est la droite ou la gauche. Ce dont elle se souvient, c'est de ne pas poser l'arme, de sa main qui fait un mouvement circulaire, et de ce geste un peu gourd où elle presse la détente.

«Le coup part et son père ne sursaute pas», signale le commandant de police à la cour. La jeune femme essaie de se remémorer la scène: «Ça a fait un bruit énorme, il y avait de la fumée partout. Ça sentait mauvais. Et puis, il y a eu un bruit très aigu.»

La famille arrive et crie: «Qu'est-ce que tu as fait? Qu'est-ce que tu as fait?» Carmen ne comprend pas. «Du bruit, normalement, ça tue pas», tente-t-elle d'expliquer à la cour depuis son box. L'expertise psychiatrique note: «On a du mal à croire qu'une jeune fille de 20 ans ne sache pas qu'elle tenait une arme mortelle. Et pourtant, il est probable que cette fille n'en avait pas conscience. La réalité de cette arme s'arrête à ce qu'a dit son père.» Ce n'est pas une arme dangereuse. Elle sert juste à faire peur. À faire du bruit.

Le frère aîné déclare, lors de sa déposition à la barre: «J'ai pas compris ce qui s'était passé, tout ce que j'ai vu, c'est ma sœur avec l'arme à la main. Je lui ai pris l'arme des mains et je suis allé dans le terrain pour le décharger. C'est quand j'ai vu l'état dans lequel il était... J'ai capté.»

Carmen court chercher un torchon dans la cuisine, qu'elle pose sur le cou de Basile pour essayer d'arrêter l'hémorragie. Mais le sang continue de couler, alors elle prend le téléphone de sa mère et appelle les pompiers. Il est 16 h 9. Elle hurle au téléphone. Derrière, d'autres voix hurlent aussi.

Dans le bureau de police, Carmen Bois triture ses mains. Le commissaire lui demande si ça va. Elle répond: «Oui. Mais mon papa va arriver, il va me gronder.» Il faut lui annoncer: «Non, Carmen, ton papa est mort.»

Dans une autre pièce, la mère de Carmen raconte aux enquêteurs: «C'est moi qui ai enlevé l'arme des mains de mon mari et le coup est parti.» Les enquêteurs savent que, compte tenu de son état de santé, c'est impossible. Face à la cour, Carmen tranche: «Ma mère, elle veut tellement me défendre qu'elle dit n'importe quoi.»

Pour dire la vérité, il faudrait, aussi et avant tout, lire les lettres que Carmen Bois lui a envoyées depuis sa cellule, et qui sont versées au dossier:

Maman,
Les lettres, je les reçois pas toujours dans l'ordre ni rien. T'inquiète, ça va. Comment tu sais que des fois j'ai du mal à respirer ? Tu m'énerves, tu sais toujours tout ! [...] Qu'est-ce que tu voudrais faire, hein, si tu avais un corps en bonne santé ? Tu prendrais un hélicoptère et tu attendrais que je sois dehors et tu me jetterais une échelle, une corde ? Tu voudrais casser les murs ? Ben, pour être sincère, je sortirais même pas ! Je te dirais : non, maman, c'est pas bien. Faut attendre, attendre, attendre. [...] Merde, maman, je sais que c'est dur. J'ai pris aucun coup, personne m'a tapée. Pas même engueulée ni même une réflexion, rien. C'est pas comme à la maison.

Maman,
Pourquoi vous essayez pas de pas penser à moi ? De m'oublier ? J'aimerais bien que vous m'oubliiez. Trouve un lit où on peut tous rentrer quand je sors et on se lâche pas. Je veux qu'on dorme même ensemble. Je veux couvrir ceux qui sont découverts. Enlever le téléphone de ceux qui s'endorment avec. Éteindre la télé allumée quand vous dormez. Décoller Titi du mur. Le tirer doucement par les pieds, lui enlever le téléphone des mains et le mettre sous son oreiller.

Les jurés ont reconnu Carmen Bois coupable de « violence volontaire ayant entraîné la mort sans intention de la donner ». La cour l'a condamnée à huit ans d'emprisonnement. Mon article se termine ainsi : « Dans six mois, elle pourra prétendre à une demande de remise en liberté conditionnelle. À sa sortie, a-t-elle dit à la psychologue du centre de détention, elle aimerait reprendre des études pour devenir kiné. "Pour soulager les autres, mais sans médicament." »

À la fin d'une de ses lettres, Carmen écrit à sa mère: « Moi aussi, j'aime les églises, c'est beau, c'est grand. [...] Quand je sortirai, le premier endroit où j'irai, c'est l'église. »

Elle n'y entrera jamais. Deux mois après le verdict de la cour d'assises, peu avant Noël, Carmen Bois s'est suicidée en détention.

La vérité n'est pas une juxtaposition de mots, de virgules et de points. Elle ne tient pas en une phrase. Il y a la vérité de la victime, cachée dans les méandres du passé. La vérité de l'accusé, qui joue de circonvolutions dans la mémoire. Et la vérité judiciaire, qui émerge au procès. Mais parfois, ce qu'on retient de la vérité, c'est simplement la somme de tous les chagrins.

16

Un matin de novembre, je dépose un baiser sur le front de ma fille encore endormie et je quitte la maison. Sous la lumière des lampadaires de ma rue, ma voiture est couverte de feuilles détrempées. Je me dépêche de les enlever du pare-brise. Christophe Bourseau habite, avec Christine, sa compagne de longue date, à une heure et demie de route. Quand j'entre dans le salon de leur maison du Gers, ils restent debout. J'essaie de les mettre à l'aise:

«Je vais vous enregistrer, si vous m'y autorisez. Je n'en ferai rien. C'est juste pour ne pas tronquer vos propos.»

Christophe Bourseau hoche la tête. Nous n'avons pas parlé de la forme que prendrait l'entretien, mais l'un comme l'autre, nous n'avons rien prévu d'autre de la journée. Leur maison a la splendeur des intérieurs simples: tout en bois, des fauteuils confortables et une petite bibliothèque. Je suis frappée par l'aspect physique de Christophe Bourseau. Un corps sec où l'indignation se lit dans les moindres recoins de son visage, de la ride la plus fine au dernier filament de son iris. Un instant repasse sans cesse dans sa tête. Il voit sa fille Eva, assise sur le sol du salon face aux collines, les genoux remontés contre sa poitrine, et l'entend annoncer: «Un jour, vous verrez, je serai célèbre.» Sur le sol du salon, je la vois à mon tour. Je pense: alors, voilà ce que sont les revenants. Des souvenirs qui règnent dans les lieux. Christophe Bourseau compte les jours depuis la mort d'Eva. Il dit que, depuis, les gens doivent sentir la haine en lui. Il reconnaît que c'est normal. Il la sent aussi. Peut-être qu'il a pu s'en persuader parce que, quelque part, c'est ce qu'on attend des personnes qui souffrent plus que de raison. Mais je ne le crois pas. Dans les tessitures de sa voix, une voix brute et rocailleuse qui semble constamment sur le point d'exploser, mais ne le fait jamais, il y a des creux de tendresse. Sa voix réprime de la douceur, probablement la dernière parcelle qu'on n'a pu lui arracher. Il n'y a pas une once de méchanceté chez cet homme.

Au déjeuner, Christophe et sa compagne me montrent des albums photos. Eva dans les bras de sa mère, Eva avec des tresses dans un champ de fleurs, Eva à toutes les étapes de sa vie. Ils sourient de plus en plus. Ils me demandent comment se passe un procès, où sont placés les avocats, et si les accusés seront dans un box vitré. À un moment, peu avant que je ne parte, Christophe Bourseau se lève et regarde le soleil se coucher derrière les collines. Je repense au chasseur d'orages, qui vivait non loin d'ici, et à sa phrase: « À force de regarder le ciel, on y voit des choses que l'on n'explique pas. »

Christophe Bourseau me raconte un soir, peu après le décès d'Eva, où il chargeait son camion garé sous les arbres, devant la maison. En ouvrant la porte arrière, il avait eu un mouvement de surprise: une chouette effraie le fixait avec ses immenses yeux. Il y avait vu un signe. Eva avait un truc avec les chouettes. Elle en avait une tatouée dans le dos. Alors, il s'en était fait faire une aussi.

Christophe avait arrêté de fumer, mais depuis « cette histoire », comme il a choisi de l'appeler, il a repris la cigarette. Il hésite. Il aimerait parler de moi à la mère d'Eva, que je puisse la rencontrer, mais ce n'est pas si simple. Elle lui a tout donné, est-ce que je comprends ? Lui encore, il peut se faire des reproches, mais Sylvie, elle, a tout donné à Eva.

« Depuis cette histoire, plein de gens ne nous appellent plus, rapporte-t-il. On porte la poisse. Mes meilleurs potes, on s'appelle, mais bon... des fois, ils sont maladroits. Mon meilleur copain, ça va faire quarante ans l'année prochaine, il m'a dit: "Ça aurait pu arriver à n'importe lequel de nos enfants", parce qu'on a des enfants du même âge. Je lui ai rétorqué: "Non, dis pas ça, c'est pas arrivé à ton enfant, c'est arrivé à la mienne!"

— Et vous pensez que la maman d'Eva accepterait de me parler ?

— Je ne sais pas si elle en aurait la force.

— Alors, c'est inutile de le lui demander. Il ne faut pas.

— Oui, je crois que ce ne serait pas une bonne idée. Elle n'assistera pas au procès, vous savez. Elle ne veut pas savoir. »

Sylvie, la mère d'Eva Bourseau, ne sait ni qui a tué sa fille, ni pourquoi, ni comment. Ses proches ne le lui ont jamais raconté. À quoi bon ? L'absence prenait bien assez de place.

17

À la fin de l'été 2017, peu avant la rentrée scolaire, une petite fille disparaît lors d'un mariage en Isère. Maëlys de Araujo a alors 8 ans et demi. Dans ce dossier, un suspect est très vite identifié. Après des mois de dénégations, Nordahl Lelandais finit par avouer, et les enquêteurs font le rapprochement avec une autre disparition dans la région. Celle d'un militaire de 23 ans, Arthur Noyer. Je comprends pourquoi les gens s'intéressent à Nordahl Lelandais, avec cette question insoluble : « Qui est-il vraiment ? » Un mis en cause qui aurait tué un militaire de 23 ans et une enfant de 8 ans a de quoi interroger. Pourtant, la personnalité de Nordahl Lelandais m'ennuie à bien des égards. Je ne dis pas ça par nonchalance ni même par dédain. Les dossiers d'actes de torture et de barbarie produisent le même effet sur moi. De manière générale, l'absence totale d'empathie est ennuyeuse. Ce que Nordahl Lelandais avait fait, pourquoi et comment il l'avait fait exactement me plongeait dans une vague indifférence. Après tout, il n'était ni assez mystérieux ni visiblement assez malin pour cacher ses intentions. Dans l'affaire de la disparition de Maëlys de Araujo, en revanche, mon attention se porte tout de suite sur la soirée de mariage. Ce basculement d'une célébration de l'amour à un cauchemar éveillé en l'espace de quelques minutes, comment le cerveau humain est-il capable de l'appréhender ? J'étais loin d'imaginer qu'un jour j'en aurais une infime esquisse.

Un dimanche après-midi, nous sommes au parc. Ma fille joue à cache-cache dans les buissons avec une de ses amies. Elles sont à 5 mètres de moi. Tout à coup, je ne les vois plus. Je le sens instantanément : quelque chose ne va pas. Une immense inquiétude saisit ma gorge. Je ne dis pas « peur », car ce n'est pas la peur qui m'envahit, mais la certitude que mon enfant n'est plus là. On me dit de ne pas m'inquiéter : les petites sont sûrement plus loin, avec un autre parent. Je ferais probablement pareil et, pourtant, j'en veux à ces gens de vouloir me rassurer. Le père de son amie revient. Il dit : « Elles ne sont pas avec moi. » À partir de là, nous nous séparons pour chercher. La mère de son amie et moi partons dans des directions opposées. C'est un deuxième sentiment horrible, que celui de penser : « Je ne suis pas seule, nous sommes deux à vivre la même crainte. » Ce n'est pas une pensée à laquelle vous voulez vous raccrocher. J'interpelle les passants, les joueurs de pétanque, les joggeurs à montre connectée qui prennent mon numéro de téléphone. J'ignore les mots rassurants, cela ne sert à rien. On sort les vélos, la voiture, on court dans les petites rues. Je prends conscience des minutes qui défilent. Elles passent trop vite. Je veux que le temps s'arrête. Je prends conscience du mouvement : des gens, des voitures et, par-dessus tout, de leurs allées et venues. Tous les scénarios possibles, je les connais déjà. Un instant, je me demande si je vais me mettre à pleurer. Et puis finalement, non. Je ne ressens toujours pas la peur, et cela m'inquiète, parce que la situation est grave. À la place, de minuscules détails se superposent dans ma tête : sa dent de lait qui a bougé pendant le petit déjeuner, la lumière arc-en-ciel de sa veilleuse, l'endroit où elle a jeté sa peluche préférée avant de partir ce matin. Je me répète : « Elle va se prendre un de ces soufflons quand je vais la retrouver. » Mais le temps n'arrête pas de couler. Vingt minutes passent. Peut-être trente. En fait, je ne sais plus. Je ne sais plus quoi faire. Elles ne sont pas rentrées à la maison. Personne ne les a aperçues. Je compose le 17. Il faut plus de voitures, je me dis. Quand les policiers arrivent, je leur montre les caméras de vidéosurveillance. Ils me félicitent pour mon « très bon réflexe ». Je ne leur dis pas que ce sont les dealers du quartier qui me l'ont fait remarquer. Sur leur calepin, ils notent une description des filles. *Cheveux clairs, tee-shirt bleu, baskets roses.* Je hais ce moment. La dernière chose dont j'ai envie est de décrire la tenue vestimentaire de mon enfant à des hommes en uniforme. Soudain, nous recevons un appel. La grand-mère de l'amie de ma fille, qui habite à un kilomètre de là, à l'autre extrémité du parc, vient de les retrouver chez elle. Poussées par l'envie de faire une soirée pyjama, les deux filles avaient couru chez la mamie. Elles étaient montées à l'étage sans s'annoncer, et sans faire de bruit, puis avaient entrepris la construction d'une cabane. Sur le chemin, la mère de son amie et moi ne cessons de répéter: «Ah ça, elles vont nous entendre.» À notre arrivée avec les policiers, nous les voyons en train de boire un petit jus d'ananas. Dès que j'aperçois ma fille, ma colère disparaît. Ce n'est pas juste que ma colère est moindre, ou passée, non, je pourrais jurer ne jamais en avoir ressenti de ma vie. Je l'embrasse, j'embrasse ses petites joues et son petit nez, je touche ses petites mains poisseuses de jus de fruits.

Des années après, j'écrirai sur la nuit du 26 au 27 août 2017 à la salle des fêtes du Pont-de-Beauvoisin, dans l'Isère. Et j'éprouverai de l'écœurement en entendant cet invité du mariage raconter, à la barre, les messages reçus après la disparition de la petite Maëlys. Des gens qu'ils ne connaissaient même pas et qui leur demandaient quel genre de famille ils étaient, une famille de drogués pas capables de surveiller leurs enfants parce qu'ils étaient trop bourrés. Jennifer de Araujo, la mère de Maëlys, dira elle-même à la cour d'assises de l'Isère: «Je ne l'ai pas assez surveillée.»

À voix haute, elle pensera: «Beaucoup de gens ont dit ça, alors peut-être qu'ils ont raison.» Assise derrière elle sur les bancs réservés à la presse, je secouerai discrètement la tête, car je saurai que non. Je saurai que, cette nuit-là, elle a tout fait pour la retrouver.

18

Le procès de Taha Mrani Alaoui et de Zakariya Banouni pour le meurtre d'Eva Bourseau s'ouvre le 10 décembre 2018 à la cour d'assises de la Haute-Garonne. Le président, Michel Huyette, dont la neutralité à toute épreuve en agace plus d'un, est surnommé « le chef de gare ». Avec lui, l'audience commence à 9 heures et pas à 9 h 1. Cela a un avantage : les jurés sont assurés de rentrer chez eux à une heure décente et personne ne finit sur les rotules. Et puis, je le trouve très bon dans sa manière de s'adresser aux gens. Un ton à la fois prévenant et ferme, ce qui explique sûrement pourquoi il a été juge des enfants pendant dix ans, avant d'être magistrat à la chambre des mineurs de la cour d'appel et finalement de se retrouver aux assises. Sa méthode est plus efficace que celle de certains anciens commissaires ou juges d'instruction qui, une fois présidents de cour d'assises, interrogent tout le monde – accusés comme témoins – sur un ton d'inquisition.

La veille, j'ai dormi d'un sommeil profond, une inertie sans rêve, épuisée par la tension des jours précédents. Une semaine avant le procès, je m'étais rendue à Paris pour peaufiner le premier papier de l'affaire avec l'aide de Mathilde et de Carron. Nous avions décidé de le consacrer à un long portrait d'Eva Bourseau. Une fois qu'il avait été bouclé, je l'avais envoyé à Christophe Bourseau. Je n'avais pas pour habitude d'envoyer mes articles aux personnes concernées avant publication, mais je lui devais bien cette exception. Cela le rassurerait, avais-je naïvement espéré.

Il m'avait appelée dans l'heure qui avait suivi. Il n'était pas rassuré du tout. L'article était juste, mais rien n'allait. J'argumentais et expliquais chaque phrase, jusqu'à comprendre ce qui contrariait Christophe et Christine : se lire à travers les yeux d'une inconnue était un acte douloureux. Ils n'étaient pas mon rédac' chef ni mon éditrice. Ce que je racontais, c'était leur vie à eux. Pour autant, j'en avais aussi fait une affaire personnelle. Au téléphone, je l'avais rassuré : « Souvenez-vous de ce que je vous ai dit. À la minute où nous nous sommes serré la main, je vous ai dit que je ne pouvais pas vous promettre d'écrire un portrait dithyrambique d'Eva. Mais que je vous promettais autre chose. Je vous ai promis d'écrire la vérité. » Silence. « Jamais je ne vous blesserai. Vous n'avez que ma parole, mais c'est une promesse que je me suis faite à moi-même. Est-ce que vous me faites confiance ? » À l'autre bout du fil, j'entendis Christophe et Christine réfléchir. « Oui », dit Christine. Quand je raccrochai, deux larmes coulèrent sur mes joues et tombèrent sur mes vêtements.

À la cour d'assises de la Haute-Garonne, je retrouve toutes les personnes que j'ai côtoyées ces deux dernières années. La meilleure amie d'Eva, par qui tout a commencé, et le voisin du dessous, au 38, rue Merly. Me Bomstain, le jeune avocat de Zakariya Banouni, au milieu des vieux grigous des assises, et Me Alfort, l'avocat de Taha Mrani Alaoui qui, à la fin de notre entretien dans son bureau, avait presque regretté : « Dites donc, vous m'avez beaucoup fait parler de moi ! » Je retrouve également le tuteur de Zakariya Banouni, un professeur surdoué rencontré grâce au ténor du barreau de Toulouse, Me Catala, dont le bureau jouxte celui de Laurent Boguet. Il est, aux côtés de Me Bomstain et de Me Martin, l'avocat de Zakariya Banouni. Sur le banc de la défense, il emploie des mots surannés comme « chichon » et « PTT » Il a arrêté de fumer et, à chaque suspension d'audience, il se penche vers moi en disant : « Vous auriez bien une cigarette pour un honnête avocat comme moi ? » Il y a Olivier, le policier des assises avec qui j'ai sympathisé lors d'une reconstitution, et tous les journalistes. Pour l'affaire dite « du meurtre à la *Breaking Bad* », en référence à la série télé où les deux protagonistes cherchent à faire disparaître le corps d'un dealer dans un bain d'acide, toute la presse nationale s'est déplacée.

Tous les matins, Christophe Bourseau et Christine sont là. Christophe Bourseau s'agite beaucoup, à côté de son avocate Me Dhuiege, du moins les premiers jours, lorsqu'on aborde la personnalité des accusés. Il ne comprend pas pourquoi on parle autant d'eux. Il faut lui expliquer. Nous échangeons très peu.

Et puis, il y a tous les amis d'Eva. Des ribambelles d'amis. Les amis de Zakariya Banouni sont presque aussi nombreux à défiler à la barre : des étudiants plongés dans l'incompréhension, qui parlent de Zak comme d'un super-ami, et de sa famille comme d'une super-famille. Deux parents aimants et généreux, qui ont tout donné à leurs quatre enfants. La mère de Zakariya dépose pendant une heure à la barre, puis, entre deux sanglots, elle chavire. « Les parents de Zakariya, ils doivent être anéantis. Christophe a tendance à dire qu'il s'en fiche... Mais moi, des fois, j'y pense. Christophe est à la place qu'il est, un papa meurtri par la mort de sa fille, mais être le papa d'un enfant qui a fait une horreur pareille, c'est... ça doit être une douleur très intense», m'avait confié Christine dans leur maison du Gers. Après le malaise de sa femme, le père de Zakariya Banouni assiste seul au procès. Une image me reste en mémoire. Un soir, après la fin de l'audience, tout le monde se lève et quitte la cour d'assises. Prostré sur son siège, dans son manteau bleu marine, le père de Zakariya ne bouge pas. Le tuteur de son fils s'approche alors doucement de lui. «L'audience est terminée, lui dit-il. C'est l'heure de partir.» Le père de Zakariya relève la tête, l'air perdu. Je n'ai jamais osé lui demander à quoi ressemblaient ses journées passées assis là.

Pour Taha Mrani Alaoui, personne ne vient. Aucun ami ni copain, aucun membre de sa famille, alors même que sa sœur vit à Lyon. À l'audience, il s'agace souvent. L'avocat général le tance: Taha Mrani Alaoui peut bien prendre la cour de haut, en attendant, un accusé dans le box, aussi intelligent soit-il, n'est jamais qu'un accusé dans le box. Je n'arrive pas à avoir une opinion aussi tranchée. Pour une raison qui m'échappe un peu, parce que je semble être la seule à le penser, il ne m'est pas si antipathique. Des accusés qui mentent sans sourciller ou se moquent de tout et de tout le monde, j'en ai maintenant côtoyé des dizaines dans les tribunaux, et Taha ne leur ressemble pas. Sa froideur m'apparaît comme une façade. Sa vision du monde, celle d'une équation à résoudre. Il explique, par exemple: «Je ne voyais pas les conséquences à l'époque, je voyais l'effet produit à l'instant T, mais pas à l'instant T+1.» Problème, solution. Cause, conséquence. Son esprit rationnel et mathématique s'applique à tout, y compris aux faits qui ne répondent pas à la logique. Taha Mrani Alaoui n'est pas un psychopathe. Il se comporte, au sein de la cour d'assises, comme s'il était face à un jury de Polytechnique. Je ne peux expliquer pourquoi, mais c'est son mode de fonctionnement. Arrive un soir, au cours de la deuxième semaine du procès, où je reçois un message. Walid – ce n'est pas son vrai nom – a trouvé un moyen de me contacter. Il a été à l'école avec Taha. Walid a lu les deux premiers papiers de ma série consacrée à l'affaire. Il m'écrit : « Aujourd'hui encore, je ne réalise pas l'atrocité du crime de mon ancien ami et je pense que ce serait pour moi une thérapie que de t'aider à parler de lui. » Je vérifie son identité. Je lui pose des questions dont je connais déjà les réponses et qui ne se trouvent pas dans la presse : « Où a étudié Taha au Maroc ? Comment s'appelle sa sœur ? Où habite-t-elle ? » Quand il m'a donné toutes les bonnes raisons de le croire, je lui demande enfin : « Avez-vous été en contact avec l'un de ses avocats ? »

Je ne saisis pas pourquoi il préfère me parler, à moi. Ne devrait-il pas plutôt s'adresser à la cour d'assises ? « Oui, répond-il immédiatement, j'ai été en contact avec Me Alfort, il y a longtemps. »

Vérification prise, Pierre Alfort l'a bien contacté, au tout début de la préparation du procès. Le lendemain, j'appelle Walid pour un entretien enregistré. Ses premiers mots sont : « Je ne veux pas lui rendre hommage, ce serait une insulte envers la famille d'Eva. Mais c'est… c'est complètement déconnecté de la personne que j'ai connue pendant cinq ans. »

Walid a une voix agréable, plus chaude que la plupart des gens. Lorsqu'il me demande comment se présente Taha à la cour d'assises, j'ai la certitude qu'il a vraiment été son ami. Où se pose son regard, montre-t-il des regrets, est-ce que c'est vrai que personne n'a été cité à la barre pour parler de lui ? s'inquiète-t-il. Walid essaie de comprendre comment son ami et le meurtrier d'Eva peuvent être une seule et même personne. À quel moment ces deux entités ont-elles pu s'aligner et se fondre l'une dans l'autre ? Il me parle de leurs années lycée, du système scolaire marocain, de comment Taha coiffait tout le monde au poteau en mathématiques.

À la fin de la conversation, Walid déplore : « J'étais moins bon que lui, j'étais moins poussé par mes parents, j'ai fini dans la deuxième école de commerce de France... et de voir, lui, où il en est aujourd'hui... »

En tapant cette dernière phrase, je m'arrête. Taha Mrani Alaoui, ce gamin qui rêvait de l'École polytechnique depuis l'âge de 4 ans, était un génie des mathématiques, jusqu'au jour où il n'avait pas vu son nom sur la liste des reçus au concours de Polytechnique. Je relis mes notes. « C'était pas l'échec, c'était la manière. Si ça avait été d'un point, deux points... Le fait de le rater de si peu, je ne pouvais pas l'accepter », dit Taha dans le box des accusés. Il l'avait raté de 0,25 point. En conclusion des rapports de personnalité, Taha Mrani Alaoui est décrit comme « arrogant » et ayant une « surestime de lui-même ». Il avait sombré, remplacé les cours de maths par la drogue, et il est aujourd'hui un meurtrier qui compte les barreaux de sa geôle. Et si la clef, c'était celle-là ? Et si la personne que Taha Mrani Alaoui méprisait le plus était lui-même ?

Après la discussion avec le père d'Eva Bourseau, j'étais remontée dans la salle de rédaction de Slate. En me voyant, Carron avait compris. Il m'avait fait signe de l'attendre après sa réunion. « C'est bien que vous ayez eu cette discussion, avait-il conclu. Parce que ça nous oblige à toujours savoir pourquoi on écrit ce qu'on écrit. » Il avait ajouté : « Fais attention à toi. » Je ne voyais pas bien pourquoi. Je ne prenais aucun risque. Tout au long du procès, Carron m'avait répété cette phrase. Il était très vigilant. Le moindre détail devait se justifier.

« Quand tu écris ça, qu'est-ce que ça nous aide à comprendre ?

— Je veux qu'on sache pourquoi elle réagit comme elle le fait dans le prochain épisode.

— OK, mais alors tu termines là-dessus. Et j'aime pas trop ce début de paragraphe.

— Pourquoi ?

— Attends, je réfléchis.

— Trop long ?

— Oui, c'est ça. En fait, tu prends trop de temps pour décrire une action très rapide. »

Carron était le meilleur partenaire d'écriture que j'aie jamais eu. Mathilde jouait le rôle de metteur en scène : elle nous départageait en cas de désaccord, affinait certains verbes et vérifiait la chronologie du texte. Ensemble, nous voulions montrer les clairs-obscurs, dévoiler les angles morts, faire tomber toutes les illusions d'optique. Nous voulions nous approcher au plus près de la vérité. Je supposais que faire attention à moi voulait dire faire attention à ce que j'écrivais. Devant la retranscription de mon entretien avec Walid, je saisissais enfin la mise en garde de Carron : fais attention à ce que tu cherches. Il faut savoir accepter que tout ne soit pas limpide. Car à trop scruter les ombres, on en vient à contempler le visage des ténèbres.

Je repense à la lettre de Sylvie, la mère d'Eva, que Christophe Bourseau a lu à la barre : « Dans ce monde qui n'est plus le mien, je me réfugie dans les rêves. Elle me manque tellement. Parfois, je vois sa silhouette dans la foule, dans la rue. À une terrasse de café, à un arrêt de bus. »

Quelques minutes avant l'annonce du verdict, j'envoie un message à la meilleure amie d'Eva. Elle est loin du palais de justice, répond qu'elle fait au plus vite. Les jurés entrent dans la cour accompagnés des magistrats. Je lance des regards impatients vers la porte d'entrée. La meilleure amie d'Eva n'arrive pas. Le président de la cour d'assises prend ses feuilles et commence à lire la décision rendue. L'amie d'Eva n'est toujours pas là. Au moment où elle entre, les cheveux trempés de sueur, le président prononce le verdict. Le vendredi 21 décembre 2018, Taha Mrani Alaoui et Zakariya Banouni sont respectivement condamnés à trente et vingt-cinq années de réclusion criminelle.

Une fois l'immense porte cochère de la cour d'assises refermée, Christophe Bourseau s'effondre en larmes, sur le trottoir, épaulé par deux amis. À travers son manteau, on peut voir saillir ses vertèbres. Je déglutis péniblement. De l'autre côté de la rue, Christine me regarde. Elle est seule. Personne ne lui tient la main, elle qui a tenu toutes celles des autres. Je m'avance vers elle et lui murmure : « Merci pour tout, Christine. » Les yeux embrumés, elle m'attrape les mains et les serre fort dans les siennes. « C'est moi, dit-elle. C'est moi qui vous remercie. » Une seconde de plus suffirait pour que je pleure à mon tour. Ce n'est pas mon histoire, je me répète, c'est la leur. Je ne peux pas pleurer avec eux. Je ne m'éternise pas. Je pars comme je suis venue, tirée par le vent d'hiver, et c'est quelque chose que je regrette parfois encore. N'aurais-je pas dû rester et lui tenir la main plus longtemps ? L'été suivant, je poserai sur la tombe d'Eva Bourseau un lis blanc. Et tous les 5 avril, je ne pourrai m'empêcher de penser que c'est le jour de son anniversaire.

19

Après le procès de l'affaire Eva Bourseau, je décide, au beau milieu de l'hiver, de partir en Islande. Un matin, je m'étais réveillée épuisée et j'avais convaincu ma famille que nous avions tous besoin de bleu et de silence. De fait, sur une île loin de tout, mes nuits sont moins agitées. Je dors d'un sommeil lourd et sans rêve. En randonnée sur un volcan éteint, mon compagnon pose un pied sur la roche et nous tend la main, à notre fille et à moi, pour nous aider à grimper. Nos pas découvrent des plaques de givre sous la neige. Arrivée au sommet, je me retourne et contemple enfin la vue. La plaine d'un blanc infini s'étend jusqu'à l'horizon. Nous sommes les derniers hommes sur terre ou le début d'une armée. Je m'exclame sur le bleu scintillant du ciel, mais les enfants, à cet âge, prennent la beauté du paysage pour acquise, et ma fille préfère attraper le livre dans son sac. Au loin, les crêtes des montagnes illuminées se déplument sous l'effet du vent. Je me tourne vers ma fille qui tient son livre tout contre elle. Quand elle s'était intéressée à la lecture, j'avais cru qu'il y aurait au début une phase de stagnation, un long moment durant lequel elle buterait sur les mots et où sa compréhension du texte serait limitée. Mais son apprentissage avait été exponentiel. J'inspire une grande bouffée d'air glacé et laisse le froid explorer mes poumons. En réalité, il m'a fallu près de quatre ans pour grimper jusque-là. Depuis la cuisine d'une petite maison de vacances à Soulac jusqu'au volcan islandais, je ne me suis pas arrêtée. Je l'ai fait, j'ai écrit l'histoire d'Eva Bourseau. C'est fini, maintenant. Pour l'occasion, je m'étais rendue à la rédaction de Slate.fr. Carron m'attendait.

« Tu peux aller sur le procès à Pau qui commence bientôt ? » m'avait-il demandé.

J'avais déjà en tête le bleu de l'Islande.

« À vrai dire, je pensais prendre une semaine de repos. Ou dix, m'étais-je entendue répondre pour la première fois depuis des lustres.

— Une journaliste aimerait le couvrir pour nous. »

Il y avait eu un silence inattendu. Nous nous étions regardés sans rien dire. Tous les deux, nous avions créé ensemble la chronique judiciaire de Slate.fr. Avant nous, il n'y en avait pour ainsi dire pas, ou très ponctuellement. Nous avions réussi : nous faisions du très long format, des affaires criminelles sous forme de nouvelles et le succès était au rendez-vous. Pas une seconde je n'avais imaginé que cela deviendrait un jour une rubrique à part entière.

Que d'autres journalistes nous rejoindraient. Cela signifiait la fin de notre binôme. J'essayais de me rassurer : ça restait, au bout du compte, un travail ; inutile d'être sentimentale.

« Si tu tiens à cette histoire, accepte. C'est une bonne journaliste ? » demandai-je.

Carron poussa un long soupir, le regard dans le vague.

« On va prendre un verre ? Je crois qu'il faut qu'on parle », dit-il.

Je trouvais absurde de commander deux verres de vin blanc bon marché pour signer l'épilogue de nos aventures, mais l'alcool me réchauffait le ventre. Je remerciai Carron pour toutes ces années. C'était un peu pathétique, et je m'en fichais. À voix haute, je m'encourageais : « Peut-être qu'il est temps pour moi d'écrire aussi ailleurs de temps à autre. » D'autres rédactions m'avaient contactée, expliquai-je à Carron, mais ça ne s'était pas fait, par manque de temps. C'était un mensonge. Ça ne s'était pas fait parce que je n'avais jamais donné suite. Parce que je savais pertinemment qu'aucune autre rédaction ne ferait ce que Carron et moi faisions. Du journalisme impressionniste. Je souris.

« On peut être fiers de ce qu'on a fait, pas vrai ? »

Carron hésita.

« Je ne vais pas accepter que quelqu'un d'autre couvre ce procès. Tant pis si on ne le fait pas », renchérit-il.

– Je comprendrais. Je vais être honnête, ça me rend triste que tu envisages de proposer une affaire à une autre journaliste que moi, mais tu as un magazine à faire tourner. Je ne veux empêcher personne de travailler.

– Je m'en fiche de te faire de la peine. Mon boulot, c'est de sortir de bons papiers.

— Oui.

— Mais je sais déjà comment ça se passera, si je lis la chronique judiciaire de quelqu'un d'autre. Je vais me dire: "Ce n'est pas du Costa." Ce sera décevant. Il y a peu de gens dont j'attends le travail avec impatience, et tu en fais partie.»

Il leva son verre et dit:

«Je te propose un pacte: on continue ensemble.»

En haut du volcan enneigé, ma fille m'attrape la main. Sous son blouson, je vois qu'elle a caché un second livre. Elle me sourit. Je crois qu'une fois que vous sortez de l'ignorance, rien ne peut vous arrêter.

20

De retour à Toulouse, je passe les lourdes portes du palais de justice. Un nouveau procès va démarrer. Je monte les marches en résine grise de l'immense escalier. La cour d'assises est désormais un endroit familier; les gens de la sécurité et les policiers me saluent. Je les connais tous: Nour, Franck, Jean-Baptiste... Olivier est là, lui aussi, comme à chaque nouvelle session d'assises. Quand il me voit arriver, il s'exclame, les mains sur la ceinture de son uniforme: «Tu as oublié ta demande d'accréditation!» Je ne savais pas qu'il m'en fallait une. Je demande, les yeux rivés sur mon téléphone à la recherche du contact du magistrat presse: «C'est un procès si important?» Il rigole. C'est le procès de l'année. « Bon, bon, sourit Olivier, on va bien te trouver une place au fond. »

Je compte juste passer une tête. Ce président de cour d'assises est connu pour ses audiences à rallonge et ses débats distendus. Les policiers, eux, ne s'en offusquent pas, ça leur fait des heures supplémentaires dans le porte-monnaie, mais nous autres journalistes, on est payés pareil à la fin de la journée. Une bonne journée d'audience, c'est une organisation carrée, mais pas militaire, des questions efficaces et un ton invitant aux confidences. Une recette subtile dont tous les magistrats n'ont pas le secret. À l'inverse, prenez un avocat prêt à faire sauter la République, un verbiage condescendant et des questions superflues, et vous aurez tous les éléments pour rater un procès. Ajoutez-y la lecture exhaustive de pièces du dossier sur un ton monocorde, et vous déprimerez n'importe quel chroniqueur judiciaire.

La cloche retentit, l'huissière crie : « La cour ! » pour annoncer l'arrivée des magistrats, et alors tout le monde se lève. Sous la demi-coupole bleue, la cour prend place. Dès les premières minutes, je me sais repartie pour un tour : la prise de notes frénétique, les appels exaltés à mon rédac' chef en fin de journée, les insomnies. Mais cette fois, c'est différent. Cette fois, il ne s'agit pas d'explorer la vie de quelques hommes, mais celle d'un village tout entier.

21

À Bouloc, aucun habitant n'aurait pensé un jour entendre le nom de son village sur toutes les chaînes d'information. En occitan, Bouloc signifie « bon lieu », et les gens du coin espéraient qu'il en serait toujours ainsi. Le dernier recensement leur donnait d'ailleurs raison, puisque la population était passée d'un peu moins de 3000 habitants à plus de 4000 en dix ans, entraînant dans la foulée l'ouverture d'une bibliothèque municipale, la bénédiction des cloches et la construction des premiers logements sociaux. Mais le 14 février 2011, dans la petite commune du Frontonnais, le temps s'arrête. Carlyne Bouchon annonce : « Le jour de la fête des amoureux, on a brisé mon cœur. »

Il est 4 h 33 du matin. Toute sa vie, Patricia Bouchon s'est levée à l'heure où l'on rêve encore. Trois fois par semaine, son réveil sonne à 4 heures. Elle enfile un jogging noir, un haut de couleur claire, des baskets blanches achetées avec son mari, Christian, et, selon la météo, un bonnet et un coupe-vent autour de la taille. Atteinte de la maladie de Raynaud, Patricia peut vite développer des engelures à cause du froid. Alors, elle a mis en place un rituel supplémentaire avant de sortir : elle badigeonne ses doigts de crème grasse, met des gants en latex et, par-dessus, ses gants d'hiver. Le 14 février 2011, c'est un lundi, la température est de 7 °C et il bruine un peu. Patricia ne prend pas de petit déjeuner. L'un des directeurs d'enquête, Didier Bonnin, dira que de toute façon elle est souvent à jeun, et prendra la peine de préciser : « Elle n'est pas dans la performance, Patricia Bouchon. Elle est dans l'addiction. »

Elle ferme la porte de sa maison à 4 h 15 précises — et de ça il ne fait aucun doute, car cette femme de 49 ans est très carrée. « Les TOC commencent à l'adolescence, et ça va crescendo. Vous finissez par vous lever de plus en plus tôt le matin et vous coucher de plus en plus tard le soir, parce que vous n'avez pas le temps de tout faire, explique Christian Bouchon à la barre. Ma femme, c'était un contraste. Elle était très peureuse, mais a contrario capable d'aller courir à 4 heures du matin en pleine nuit. Évidemment, j'étais mort d'inquiétude. On en a parlé plusieurs fois. »

Lorsqu'ils se rencontrent, Patricia et Christian ont 16 ans.

« Mais les amours à cet âge-là, ça va, ça vient, et on s'est mis ensemble sérieusement à 18 ans. On était des gamins. On partait en vacances à moto. Avec une vie plus facile aussi, parce que la vie était plus facile à ce moment-là. »

Ils se marient en 1982 et deux ans plus tard ont une fille unique, Carlyne. Christian Bouchon travaille beaucoup. Au gré de ses postes, la famille déménage une quarantaine de fois, avant de poser ses valises à Bouloc en 2007.

« Les TOC s'amplifiaient, je le voyais, raconte Christian Bouchon. Pour moi, c'était... J'avais l'impression qu'on allait faire une thérapie. Je me disais que si elle avait un jardin, des fleurs... J'ai vraiment pensé ça très très fort. Je me disais que ça l'aiderait à aller mieux. »

Il secoue la tête : « Ça n'a pas fonctionné, et je ne sais pas si ça n'a pas empiré les choses. »

Le parcours de Patricia dure très exactement trente-cinq minutes : une boucle de 4,5 kilomètres éclairée sur une large portion et passant par le stade, l'école élémentaire, la boulangerie, le supermarché et la station-service.

À 5 h 50, le pompiste, M. Cazeneuve, ouvre boutique. C'est un vieux monsieur, quoique pas si vieux, mais pas loin de la retraite tout de même, et le métier de mécanicien n'est pas du genre à dorloter vos articulations et votre dos. Il voit arriver Christian Bouchon, l'un de ses clients, complètement paniqué : « Vous avez vu Patricia ? »

« Il m'a regardé avec de grands yeux, se souvient Christian Bouchon. Il ne savait pas qu'elle s'appelait Patricia. »

Le pompiste n'a jamais vu Patricia courir, mais il connait son visage. Le matin, il la voit prendre le bus de 7 heures pour rejoindre le cabinet d'avocats où elle travaille en tant que secrétaire juridique. L'arrêt est à 50 mètres de sa station-essence. Quand elle passe, elle lui fait un petit signe de la main ou tape sur le carreau pour lui dire bonjour. Ce matin-là, il ne l'a pas vue.

« Je lui ai demandé le numéro qu'il fallait faire. Je ne savais même plus », poursuit Christian Bouchon. Il vient de voir une ambulance passer et il est persuadé que sa femme est à l'intérieur.

Il pense à ça, à un accident.

Tous les lundis matin, à 5 h 30, Christian et Patricia prennent un taxi pour l'aéroport : Christian part en déplacement jusqu'au vendredi, et Patricia l'accompagne avant de se faire déposer sur son lieu de travail. Christian croise le chauffeur du taxi qui attend en fumant une cigarette sur le parking du stade, mais il n'a pas vu Patricia non plus. La course annulée, le chauffeur de taxi propose de rouler un peu dans Bouloc pour jeter un œil.

Christian pense aux fossés. Patricia a eu un malaise, peut-être a-t-elle été renversée avant de tomber dans un fossé. Quelqu'un l'a trouvée, et elle est dans l'ambulance filant tous gyrophares allumés. Le pompiste lui conseille de faire le 15 pour vérifier.

« Je pense que je suis tombé sur le centre de triage du Samu. Une dame m'a dit : "Donnez-moi votre numéro, je me renseigne et vous rappelle." Je me suis dit : "Elle va jamais me rappeler." Je suis rentré chez moi. Et elle me rappelle. J'étais super content », décrit Christian Bouchon. Mais l'ambulance n'était pas pour Patricia Bouchon : une personne âgée venait de faire une crise cardiaque. « Ça aurait dû me rassurer, mais ça m'inquiète encore plus. Là, j'ai peur », se remémore-t-il.

Christian Bouchon appelle la gendarmerie de Fronton. « J'avais très très peur qu'ils me disent : "Ne vous inquiétez pas, elle va revenir." » Christian Bouchon connaît sa femme. Si elle avait eu du retard, c'eût été d'une ou deux minutes seulement. Elle aurait été déçue d'avoir fini son parcours en trente-six ou trente-sept minutes au lieu de trente-cinq, et ils auraient pris leur taxi pour aller travailler. Il n'aurait pas déjà parcouru tout Bouloc sous une bruine nocturne de février, à refaire les itinéraires qu'elle aurait pu emprunter.

Au bout du fil, une gendarme écoute Christian Bouchon. Elle lui répond : « OK, je vous envoie une patrouille. »

Lorsque l'on attend de l'aide, le temps paraît toujours une éternité. Les gendarmes arrivent à 7 h 15.

Quand Patricia quitte la maison, Christian dort. La semaine, il n'est pas là. Il ne sait pas dire comment elle est habillée ce matin-là, il culpabilise d'être ce mari au courant de rien. Il sait pour le coupe-vent, à cause de la bruine, pour les baskets blanches, parce qu'il les a achetées avec elle, et pour les gants, à cause de la maladie de Raynaud. Il est au moins sûr de ça, et de l'accident de Patricia.

« Mais la journée avançant, le nombre de gendarmes augmentait. Et là, vous passez d'une inquiétude à une peur, à une angoisse. Ils étaient partout dans la maison. Plus j'en voyais, plus j'avais peur, parce qu'ils ne la retrouvaient pas. Ma fille me rejoint en début d'après-midi ; on va à la gendarmerie. On atteint un autre niveau. Ce sont les niveaux qui changent, en fait. Des gens de Toulouse commencent à arriver, et il se met à y avoir beaucoup de monde dans cette toute petite gendarmerie de Fronton. »

Carlyne Bouchon se rappelle : « Je vois mon père se faire questionner. Je suis mise de côté pour être interrogée, on est séparés. Je pense à un accident, ma mère a fait un malaise. » Elle marque une pause. « Moi, je vais très vite rentrer dans le déni. Je suis complètement spectatrice de la situation. »

« Dans l'absolu, la thèse de l'accident s'éloignait, reconnaît Christian Bouchon. Tous ces gendarmes... On l'aurait forcément trouvée. J'étais terrifié. »

Le père et la fille rentrent à la maison. N'arrivant pas à trouver le sommeil, ils décident de sortir vers minuit : « On a été en ville pour regarder les fossés. On errait. »

Ils ne dorment pas de la nuit, le monde se met à tourner étrangement.

« Le lendemain matin, il y avait un camp militaire. C'était monstrueux. Entre 200 et 300 gendarmes, la police, les hélicos..., se remémore Christian Bouchon. Quand vous voyez ça... C'est sans doute le premier moment où je me suis dit : "On cherche un corps." »

Véronique Chaudriller est cheffe de la division criminelle à la section de recherches de Toulouse. De permanence le lundi 14 février, elle est immédiatement désignée directrice d'enquête. Dès le départ, il s'agit pour elle d'une disparition inquiétante : « Il n'y a pas d'idée de divorce. Carlyne et Christian Bouchon décrivent Patricia comme très sportive, très croyante, pas du tout dépressive ni avec des idées suicidaires. »

Elle précise : « Elle souffre de TOC, sur la propreté, l'hygiène, l'alimentation. Ses proches nous disent : "Elle ne veut pas reconnaître qu'elle est anorexique." Elle ne participe pas aux repas, mais elle entretient avec sa famille des relations sans tension. »

La directrice d'enquête ajoute : « Les premières quarante-huit heures sont les plus importantes. Donc beaucoup de criminalistique va avoir lieu au domicile des Bouchon. Qui pouvait lui en vouloir ? »

Les gendarmes procèdent à des perquisitions dans la maison, « d'une hygiène irréprochable ». Patricia Bouchon est partie sans sac à main et sans téléphone. Le BlueStar, le révélateur de traces de sang, ne réagit ni dans la maison ni dans le véhicule. « On se croirait dans une mauvaise série », pense Christian Bouchon. Le téléphone et l'ordinateur sont saisis, pour voir si Patricia Bouchon ne mène pas une double vie. « On trouve des photos où elle apparaît très amoureuse de son mari, en vacances », constate la directrice d'enquête. « On va se rendre compte qu'elle n'a aucune raison de disparaître », résume-t-elle.

Le mardi 15 février, Bouloc est « en état de siège ». La directrice d'enquête emploie les termes « montée en puissance ». La gendarmerie est capable de déployer une force militaire, de lancer des « recherches opérationnelles d'origine terrestre, aérienne et subaquatique ». Les rivières longeant le village sont sondées, les hélicoptères survolent les forêts et des battues sont organisées dans la campagne. Patricia Bouchon reste introuvable.

« On a passé la journée à la gendarmerie. [...] Il y avait beaucoup d'informations qui arrivaient en même temps et qu'il fallait prendre, traiter. On était à l'affût », relate Christian Bouchon.

Pendant ce temps, les camions des médias nationaux arrivent à Bouloc. Sur la place du village, les journalistes installent des antennes paraboliques sur le toit de leurs voitures, sortent les téléobjectifs, les caméras et se mettent à arpenter le coin. Carlyne et Christian restent à la gendarmerie.

La nuit tombe à peine. Le gendarme qui a auditionné le père la veille s'approche de lui. « Il me dit : "On a besoin de vous. On a trouvé quelque chose." »

Christian Bouchon s'arrête un instant de parler. Il se mord la lèvre inférieure pour retenir un sanglot et murmure : « Et là, il me montre le chouchou. »

22

Pour la seconde fois depuis cette nuit de Noël 2007 où l'inspiration m'avait soufflé ce qui était mon tout premier papier, cet article introductif de l'affaire de la joggeuse de Bouloc a été écrit d'une traite, sans relecture, et a été publié une heure après son envoi. Les parties civiles y étaient pour beaucoup. Christian et Carlyne Bouchon forçaient le respect. Tous les matins, ils serraient la main des avocats de la défense, et tous les soirs, ils les saluaient en repartant. Ils avaient cette dignité-là. C'était sincère, on sentait qu'ils voulaient eux aussi que ce soit un procès équitable.

Entendre défiler à la barre les personnes éveillées à 4 h 30 le matin du drame – un tout petit matin pour certains, et la nuit pour d'autres – est une plongée dans un monde parallèle. Il y a le mécanicien-pompiste, M. Cazeneuve, et sa fille, Hélène. Cette nuit du 14 février 2011, Hélène avait entendu des bruits étranges devant le garage de son père. Dans l'impasse non éclairée où avaient été retrouvés le chouchou de Patricia Bouchon, sa boucle d'oreille, ainsi que des traces de sang, se trouvent trois habitations : le 40 a, le 40 *bis* et le 40 c. Ainsi, il y a le couple Jüngler, dont le mari, ingénieur aéronautique allemand, a ouvert un volet et entendu un homme pleurer cette nuit-là : « Excuse-moi, excuse-moi. » M et Mme Ourmières, habitants du 40 a, qui avaient remarqué au réveil des traces de pneus sur le parterre de fleurs devant leur maison. Il y a ce chef d'entreprise qui a vu une camionnette en flammes non loin du domicile de Patricia Bouchon. Le boulanger qui prenait son service. Un convoyeur de fonds qui avait l'habitude de croiser Patricia Bouchon faisant son jogging, peu importe la météo, même sous la neige, et qui ne l'avait pas aperçue ce matin-là. Une agricultrice qui la voyait également, au moment de sa livraison aux supermarchés de Fronton et de Bouloc. La livreuse du journal *La Dépêche*, qui avait l'habitude d'être suivie en voiture par un vieux monsieur amoureux d'elle ou qui, du moins, clamait l'être. Il était mort depuis. Dans la salle des témoins, les habitants de Bouloc se succèdent. Comme Géraldine qui, la veille de la disparition de Patricia Bouchon, alors qu'elle faisait une promenade en forêt avec son chien, avait brusquement vu surgir devant elle un homme, un sourire aux lèvres. Géraldine n'avait rien entendu : les feuilles mortes n'avaient pas craqué, et son chien n'avait pas aboyé. L'homme avait sifflé : « On se croit toujours seul dans la forêt », avant de disparaître. Personne ne l'avait jamais revu. Ou encore cet adjudant de réserve de la gendarmerie qui s'était porté volontaire pour les battues sur la circonscription et avait entendu ses chiens aboyer « anormalement en direction du bois » le jour de la disparition. Il y avait, enfin, M. Marcolin, employé communal de Villematier, une bourgade située à 12 kilomètres de Bouloc. Le 29 mars 2011, il s'en souvient très bien : « Tout a commencé sur le coup de midi. » À cette époque-là, il déjeunait tous les jours chez ses parents. À table, il avait reçu un coup de téléphone. M. Marcolin faisait partie de l'association de chasse de la commune et, deux jours auparavant, un de ses copains lieutenant de louveterie avait perdu son chien lors d'une battue. « Dans l'éthique de la chasse, quand un chien est perdu, on fait tout pour le retrouver», s'applique-t-il à dire à la cour. Alors, M. Marcolin avait parcouru la campagne alentour, frappé aux portes et donné son numéro. Au bout du fil, c'était M. Roumagnac, l'agriculteur, qui voulait lui demander: Marcolin avait-il retrouvé le chien, parce que lui avait cru apercevoir quelque chose du côté du pont? «C'est un pont bâti à l'ancienne, avec des briques. Des passages busés, il y en a d'autres, notamment depuis le remembrement des années 1980, mais celui-là, il y est depuis très longtemps. Il est assez connu», relate M. Marcolin à la barre. Avant de reprendre le travail, il était donc allé jeter un œil à l'endroit. «J'ai regardé dessous, et j'ai vu une légère masse arrondie au niveau de l'eau.» Il ne s'était pas avancé, car il n'avait aux pieds que ses seules chaussures de sécurité.

Une fois sa femme rentrée du travail, il avait enfilé ses bottes et y était retourné, à la tombée de la nuit, pour sortir le chien: «Je pensais sincèrement que c'était un animal. Je me suis rapproché et, à l'aide d'un bâton, j'ai soulevé la masse pour la décoller du fond de l'eau.»

Au milieu de la cour d'assises, M. Marcolin déglutit, la voix éraillée par l'émotion: «J'ai été pris de panique. Je me suis rendu compte que c'était un corps.»

23

Il faut voir l'enquête qui avait suivi. D'abord, les officiers de la gendarmerie spécialisés en sciences comportementales avaient été saisis pour filer un coup de main dans l'enquête. Leur mission, entre autres, est de « refaire » les crimes pour comprendre la motivation et la personnalité de l'auteur. Ainsi, ils notaient : « Le fait de déplacer le corps demande une certaine intelligence pratique, une capacité à se ressaisir émotionnellement. C'est un cas de figure peu fréquent. Souvent, la victime est laissée sur place. » Le lieu de découverte du corps présentait aussi un intérêt : il montrait l'« importance pour l'auteur de dissocier son lieu de vie avec la victime ». Déplacer la dépouille évite de faire le lien entre le crime et la personne qui l'a commis, efface les indices et retarde la découverte du corps. De plus, la technique a l'avantage de cacher la nature du crime. Selon le bon vieil adage « À qui profite le crime ? », les gendarmes avaient donc cherché le mobile. Ils avaient ensuite classé les pistes selon leur degré de probabilité, jusqu'à n'en privilégier qu'une seule.

La thèse du vol avait vite été écartée : Patricia Bouchon n'avait pas d'argent sur elle, pas de téléphone, simplement ses clefs de maison accrochées à un porte-clefs nounours que l'on ne retrouvera jamais – mais un vol de clefs implique de toute façon que l'auteur suive sa victime jusque chez elle. La thèse du règlement de comptes avait également été laissée de côté : les scènes de l'agression dans l'impasse démontraient une certaine difficulté à maîtriser la victime, une escalade de violences « longue sur la distance et brève dans le temps », aboutissant en tout état de cause à un meurtre non intentionnel. « Généralement, quand on prévoit de s'en prendre à quelqu'un, c'est mieux préparé et plus efficace », précise l'analyste comportementale entendue en visioconférence. Ne restait qu'une piste, le meurtre à connotation sexuelle. Autrement dit : une tentative de viol qui a mal tourné.

Alors, tous les hommes des environs inscrits au Fijais, le fichier judiciaire des auteurs d'infractions sexuelles, avaient été entendus. « Ils seront tous écartés après audition », relate l'enquêtrice Chaudriller. Les gendarmes avaient examiné les relevés de toutes les personnes ayant retiré de l'argent au distributeur de Bouloc et l'ensemble des activités téléphoniques ayant eu lieu sur le secteur ce matin-là. Cent vingt individus avaient été entendus, leur emploi du temps vérifié, et l'ADN de chaque homme prélevé. Le personnel du supermarché de Bouloc, les jeunes de l'association communale aidant à la réinsertion professionnelle, les chasseurs, les employés du syndicat intercommunal travaillant au ramassage des déchets et encombrants… tout le monde avait été auditionné. Un fétichiste fouillant les poubelles et collectionnant les articles de presse sur « la joggeuse de Bouloc » avait été placé en garde à vue. « Mais cela n'a rien donné », reconnaît Véronique Chaudriller.

Cinq jours après la disparition de Patricia Bouchon, le samedi 19 février 2011, un jeune homme de 22 ans poussait la porte de la gendarmerie de Fronton. À la barre, le directeur d'enquête, Frédéric Aüllo, parle de lui en ces termes : « Nicolas est un jeune passionné de rugby. Il ne s'intéresse pas trop aux faits divers. Vous le verrez, c'est un garçon sensible, qui a des problèmes de santé. Demain, il viendra sûrement avec une casquette. Suite à un choc émotionnel quand il était plus jeune, la maladie de sa mère, il a développé une pelade. Il ne boit pas, ne se drogue pas. Il est sportif. Il m'a paru sportif. »

Cette audition à la gendarmerie de Fronton, Nicolas s'en serait bien passé : à 22 ans, on a toujours mieux à faire le samedi après-midi. C'est sa mère qui l'avait incité à s'y rendre. Lui n'avait rien suivi de l'affaire. Elle lui avait annoncé la nouvelle, avait vu le tapage médiatique, et lui avait commencé à cogiter. Il s'était souvenu avoir aperçu une joggeuse à cette drôle d'heure, ça l'avait marqué. Il empruntait cette route au lieu de l'autoroute depuis quinze jours, mais c'était la première fois qu'il la voyait. Patricia Bouchon venait de subir une opération chirurgicale l'empêchant de courir durant deux semaines. Le 14 février 2011 était son jour de reprise. À l'époque, Nicolas était chauffeur-livreur chez Chronopost à Montauban. Les livraisons démarraient à 5 heures du matin. Si le camion ne tournait pas à 5 heures pétantes, son chef l'appelait pour savoir où il était. Lundi 14 février 2011, Nicolas avait quitté son domicile de Saint-Jory à 4 h 20 au lieu de 4 h 15. Il savait qu'avec un coup d'accélérateur il pouvait rattraper son retard, mettre quarante minutes au lieu de quarante-cinq pour arriver au centre de dépôt. Il habitait non loin de la N20, « la route de Paris, très fréquentée par les camions ». « Après la zone industrielle, indique-t-il à la barre, on peut bifurquer vers l'autoroute ou passer par Fronton-Bouloc ». Lui ne prenait pas l'autoroute, « ça permet de ne pas payer 2 euros » — même si, en vérité, ce n'était pas tant les 2 euros : sa voiture n'était pas assurée et, par la route de Bouloc, il avait moins de risques de croiser les gendarmes. Il avait aperçu Patricia Bouchon au niveau du panneau de signalisation. Il se souvient d'un bas de pantalon sombre, rose foncé ou violet, et d'un haut clair. Une centaine de mètres plus loin,

Nicolas avait été surpris par un véhicule stationné en plein milieu de la route tous phares éteints. Il avait manqué de le percuter. Il avait pilé pour éviter la collision, l'avait dépassé par la droite pour s'arrêter à son niveau et faire un geste peu amical au conducteur. L'homme l'avait regardé dans les yeux. « Et pfffiout, son regard a bifurqué », raconte Nicolas à la cour. L'homme avait redémarré en trombe, « la première a souffert ». Nicolas avait alors regardé l'heure sur son autoradio : 4 h 33. Un homme blanc, entre 30 et 50 ans, et entre 1,75 mètre et 1,80 mètre, avec un bonnet noir aux bords retournés, mal rasé. Le plafonnier de la voiture était allumé. Dans les locaux de la gendarmerie de Fronton, Nicolas avait passé plus de trois heures avec les enquêteurs à établir un portrait-robot. « J'ai plutôt une bonne mémoire visuelle. J'oublie pas les visages. Quand je vois quelqu'un, je retiens son visage, précise-t-il. On part d'une dominante physique. Pour moi, c'était la barbe. »

Nicolas décrit la Clio anthracite croisée sur l'itinéraire de Patricia Bouchon : « C'est un véhicule comme le mien. J'ai une Clio série 1 grise, cinq portes. C'est sûr, c'est une Clio grise ou proche du gris. » La voiture avait les sièges arrière rabattus, sans plage arrière, avec des objets « beiges » dans le coffre. À partir de là, les enquêteurs avaient épluché les cartes grises des départements de la Haute-Garonne, du Tarn et du Tarn-et-Garonne à la recherche de tous les propriétaires de Clio grises. Cela représentait 59 436 véhicules. La cellule « Disparition 31 » dédiée au meurtre de Patricia Bouchon avait concentré son attention sur Bouloc et ses environs. Le nombre de propriétaires de Clio diminuait, certes, mais chaque fois, les enquêteurs devaient recenser l'ensemble des personnes ayant conduit la voiture, que ce soit régulièrement ou occasionnellement. Un fils, un cousin, un beau-frère qui l'empruntait, et son ADN rejoignait la base de données. Les quatre mégots découverts dans l'impasse de l'agression de Patricia Bouchon avaient révélé le profil de quatre individus différents, de sexe masculin, mais aucun ne correspondait à l'une des 1560 analyses salivaires répertoriées. Pas plus qu'ils n'étaient répertoriés au Fnaeg, le Fichier national automatisé des empreintes génétiques.

Huit ans plus tard, devant la cour d'assises de la Haute-Garonne, la cheffe de la division criminelle à la section de recherches de Toulouse, Véronique Chaudriller, soupire : « Parfois, les décisions prises font avancer l'enquête et parfois, elles la pénalisent. C'est une décision qui a pénalisé l'enquête. Je ne sais pas pourquoi elle a été prise. Faites appeler le procureur, et il vous répondra. » Car il avait fallu attendre le 13 octobre 2013, soit deux ans et demi après sa réalisation, pour que le portrait-robot soit envoyé à toute la presse.

24

Le 4 décembre 2013, l'enquête prenait une nouvelle tournure. La gendarmerie reçut un appel anonyme. À l'autre bout du fil, un homme croyait reconnaître le portrait-robot en la personne de Laurent Dejean, un plaquiste du coin placé sous curatelle. En septembre 2011, déjà, les enquêteurs avaient entendu parler de lui. Il était ce drôle d'oiseau se promenant dans Bouloc avec une bible à la main. Dans le procès-verbal, il est écrit: «Ce témoin nous indique que Dejean avait été utilisateur d'une Renault Clio de première génération, qui n'était pas à son nom et dont il se serait débarrassé deux ou trois jours après le meurtre.» Plus loin, on lit: «Selon ce témoin, Dejean aurait été hospitalisé en psychiatrie très rapidement après la disparition de Patricia Bouchon, et son comportement a complètement changé depuis le meurtre. Il est décrit à présent comme un personnage très délirant, enclin à avoir du remords. Laurent Dejean ressemble au portrait-robot et est souvent porteur d'un bonnet sombre.» Après vérification auprès de la caisse primaire d'assurance maladie, les enquêteurs de la cellule «Disparition 31» découvraient que l'arrêt de travail de Laurent Dejean datait du 23 février 2011, soit neuf jours après le meurtre de Patricia Bouchon. À ce moment-là, Laurent Dejean présentait un comportement très anxieux: il s'enfermait chez lui, des crucifix en papier sur les fenêtres, en proie à des hallucinations et souffrant de persécutions imaginaires.

Dans le box des accusés, Laurent Dejean explique: «Ça a commencé au placo.» Fin 2010, il avait d'abord entendu des sifflements, comme des acouphènes. «J'avais pas de casque, pas de masque sur le chantier», atteste-t-il face à la cour. Ensuite, les chuchotements étaient arrivés. Il avait songé: «Alors ça, c'est bizarre.» Les chuchotements se muaient peu à peu en voix, «mais troubles». Il s'était mis des serpillères autour de la tête pour la refroidir. Mais les voix ne cessaient pas. Elles lui disaient que son copain Gaby avait eu un accident de scooter, qu'il était mort. Il était sorti de chez lui en courant pour aller jusqu'au sommet de Bouloc, il ne l'avait pas vu. Quand il était rentré, Gaby était justement là. « Il était très rassuré de me voir, se souvient Gaby. Je crois qu'il entendait que sa mère était morte aussi. »

Après l'appel anonyme du 4 décembre 2013, les enquêteurs avaient relancé leurs investigations autour de Laurent Dejean. Le 28 janvier 2014, Laurent Dejean était placé en garde à vue. En l'absence d'éléments, il ressortait libre. Mais le 9 février 2015, les juges d'instruction décidaient de le mettre en examen pour homicide volontaire.

25

Quelque chose ne colle pas dans cette affaire. Un matin, perdue dans mes pensées, je manque de me faire renverser au passage piéton du palais de justice. Dans toutes les affaires criminelles, il y a une question irrésolue. À vrai dire, plus les ressources déployées dans le cadre d'une enquête sont importantes, plus les chances de se retrouver face à une situation inexpliquée le sont aussi. Mais ce quelque chose qui ne colle pas, c'est plutôt que rien ne colle.

Il y a d'abord le témoignage du seul témoin, Nicolas. Et cette phrase entendue un jour, dont le nom de celui qui l'a prononcée ou écrite s'est échappé de ma mémoire, peut-être parce que c'est un précepte si puissant qu'il n'a besoin d'être revendiqué par personne: un seul témoin revient à n'avoir aucun témoin.

Lors de sa première audition, Nicolas avait insisté: « C'est une Clio grise ou proche du gris. »

Nicolas annonce être entré dans le village de Bouloc à 4 h 22 et avoir croisé la Clio sur la route à 4 h 33. Il lui aurait donc fallu onze minutes pour parcourir un kilomètre. Il répète ces mêmes horaires le lendemain, lors de sa deuxième audition: « Je suis formel. » Les gendarmes n'ont jamais effectué de reconstitution de son trajet. Entendu de nouveau en mai 2012, plus d'un an après les faits, Nicolas affirmait: « Avec les gendarmes, des détails importants me sont revenus en mémoire, et notamment [...] que j'avais failli percuter un véhicule Renault Clio de couleur claire. » Au fil des auditions, la couleur de la Clio vue par le seul témoin de l'affaire était passée du gris à l'anthracite, pour finir sur « de couleur claire ». À terme, elle était devenue la Clio « blanc glacier » de Laurent Dejean.

L'auteur du coup de fil anonyme à la gendarmerie début décembre 2013 était Jean-Luc de Biasi, le meilleur ami de Laurent Dejean. Entendu officiellement dans les locaux de la gendarmerie neuf jours après son coup de fil, Jean-Luc confirmait le changement soudain de comportement de Laurent Dejean après la disparition de Patricia Bouchon et l'existence de sa Renault Clio première génération dont il s'était débarrassé ensuite. Sur le nuancier présenté par les enquêteurs, Jean-Luc avait pointé le doigt sur le véhicule le plus immaculé de tous, celui avec la légende du constructeur indiquant « blanc glacier ». Celle de Laurent Dejean ressemblait à ça. Au début, Laurent Dejean avait nié pour la Clio, même si, face aux gendarmes, il avait admis : « C'est mon ami. S'il le dit, c'est que c'est vrai, mais je me rappelle plus. »

Plus tard, devant la juge d'instruction, Jean-Luc s'était emporté : « Je voudrais bien qu'il avoue pour la voiture, on n'est pas tous débiles. » De fait, 37 témoins – des connaissances, des copains et des amis d'enfance – avaient reconnu Laurent Dejean sur le portrait-robot. Et 31, dont sa sœur Martine, assuraient que Laurent Dejean était bien détenteur d'une Renault Clio première génération au moment des faits. Vingt-sept d'entre eux croyaient aussi savoir que Laurent, consommateur de cannabis et de cocaïne, avait complètement arrêté après le meurtre de Patricia Bouchon. Après le meurtre de la joggeuse de Bouloc, son ami Gaby l'avait conduit voir une psychiatre en urgence à 30 kilomètres de chez lui. Elle lui avait prescrit un arrêt de travail d'un mois et demi et des neuroleptiques.

Un matin de 2014, Laurent Dejean s'était réveillé et avait pensé : « Oh, cette Clio blanche, bon, je l'ai eue. Qu'est-ce que ça peut faire ? Je vais leur dire. »

Il avait fini par avouer, bon gré mal gré, au cours d'une audition. Mais le mal était fait. Il avait menti. Il avait toujours su, bien sûr, pour la Clio blanche. Dès son plus jeune âge, l'être humain apprend que si un seul mensonge vient à sortir de sa bouche, plus aucune de ses vérités ne pourra être prise en considération. Il en est de même à la cour d'assises. Quand le président lui demande pourquoi ce mensonge, les yeux de Laurent Dejean s'élargissent : « J'avais peur. J'avais peur des gendarmes.

– Et alors, on l'aurait retrouvée et c'était bien, vous auriez été mis hors de cause, argue le président.

– Je l'ai cachée, voilà. Au camp de Ginestous, là où on trouve des voitures. C'est un camp de Gitans. Y a des Gitans qui font de la pétanque au printemps, à Fronton, qui me disent qu'ils peuvent prendre la voiture et...

– Mais qu'est-ce que vous avez à cacher, avec cette Clio blanche ?

– Pas de carte grise, pas de frein de suspension, les pneus lisses...

– Mais monsieur, on ne va pas en prison parce qu'on n'a pas de carte grise. Pourquoi avoir peur des gendarmes ?

– Je vous le dis, je vous le répète. Je n'avais pas de carte grise... Et je ne peux pas vendre une voiture et je ne peux pas la mettre à la casse sans carte grise et sans assurance. »

Et puis, la Clio démarrait mal aussi. Et la manivelle de la vitre était cassée, il devait la bloquer avec un tournevis. Mais la carte grise était ce qui le tourmentait le plus. Au fil des auditions avec les gendarmes et la juge d'instruction, l'absence de carte grise revenait sans cesse.

Au camp de Ginestous, Laurent Dejean n'avait pas traîné, parce que les Gitans lui faisaient un peu peur à débarquer à plusieurs « avec leurs gros ventres ». Il était rentré à pied et en stop. Mais ce n'était pas « deux ou trois jours après le meurtre de Patricia Bouchon », comme il est consigné dans le procès-verbal de l'appel anonyme. À la barre, son ami Jean-Luc nie lui-même avoir parlé, anonymement ou non, de Laurent se débarrassant de sa voiture deux ou trois jours après les faits. Debout dans le box, Laurent Dejean compte sur ses doigts : « Je l'ai eue... deux secondes, je réfléchis. » Ça lui revient : « Je l'avais achetée 150 euros, cette Clio blanche, mi-novembre 2010.

Je l'ai gardée six mois, cette voiture », jusqu'en mai 2011. C'était dans l'année, c'est tout ce dont il se souvient. Des voitures, Laurent en a eu un sacré paquet.

Nicolas, le témoin, avait longuement décrit l'homme croisé sur sa route cette nuit-là aux enquêteurs, ce qui avait permis de réaliser un portrait-robot. Il est très physionomiste. Quand il le dit, il a l'assurance de ceux qui sont persuadés de se connaître par cœur. Mais comment expliquer, alors, qu'il n'ait jamais reconnu Laurent Dejean lors des tapissages photos ? Les enquêteurs lui avaient présenté une première série de photos, composée de douze clichés d'individus de sexe masculin. Nicolas avait douté, avant de désigner un homme. Aucun des clichés ne montrait alors Laurent Dejean. En 2014, les gendarmes lui avaient présenté un nouveau tapissage. Nicolas avait cette fois hésité entre deux photos. La numéro 8 et la numéro 5. Le visage de Laurent Dejean figurait parmi les douze portraits. Il était le numéro 7.

Un soir après l'audience, l'avocat de Laurent Dejean lui demande de se tenir loin des rasoirs pendant le week-end. Est-ce qu'il comprend ce qu'il vient de dire ? Son client acquiesce. Le lundi, quand il entre dans la salle d'audience, Laurent Dejean ne s'est pas rasé depuis trois jours. Quelques poils se battent en duel sur son menton. Yannick, un de ses amis, s'écrie face à la cour : « Je me suis toujours foutu de sa gueule pour ça : il est imberbe ! Il a un duvet ! » Lui n'a jamais trouvé que le portrait-robot ressemblait à Laurent. D'autres, bien sûr, pensent que le portrait-robot est ressemblant, mais de là à dire qu'il s'agit du meurtrier. Qui pourrait l'affirmer ? Les larmes ramollissent la voix de Yannick. Tout Bouloc connaît Laurent Dejean, et parce qu'ils l'ont toujours connu, ils l'aiment, malgré et avec ses bizarreries et ses yeux fous, car sinon, cela reviendrait à ne pas aimer une partie d'eux-mêmes.

Le directeur d'enquête, Frédéric Aüllo, évoque lui-même à la barre une « ressemblance subjective au portrait-robot » et remarque que son ADN « ne correspond pas aux pauvres traces ADN qu'[ils ont] ». Étrangement, peut-être par prudence extrême du meurtrier ou à cause des aléas dus à l'immersion d'un corps durant six semaines, aucun ADN n'avait pu être prélevé sur le gant en latex enfoncé dans la bouche de Patricia Bouchon. Sur son pantalon de jogging, son tee-shirt et son bonnet de soutien-gorge, les biologistes avaient en revanche retrouvé des traces d'ADN masculin partiel. Quatre marqueurs génétiques précisément. Avec quatre marqueurs ADN, la probabilité de tomber sur un profil, à Bouloc ou dans le Fichier national automatisé des empreintes génétiques, est élevée. Simple question de statistiques : si dix marqueurs ADN donnent une séquence permettant d'identifier un individu à 99,9 %, quatre marqueurs ADN ont plus de chances de correspondre à un individu, pour ne pas dire plusieurs. Face à la cour, l'expert en biologie n'en revient pas : sur les 4 millions de personnes enregistrées au Fnaeg, aucune ne partageait ces quatre petits marqueurs. Tout comme Laurent Dejean.

Allongée sur mon lit, je lis l'arrêt de la chambre d'instruction renvoyant Laurent Dejean devant les assises : « S'il n'existe pas de preuve directe, formelle et incontestable de commission des faits, il subsiste, en fin d'information, à l'encontre de Laurent Dejean, un faisceau conséquent d'indices sérieux. » Puis: « Les pièces de procédure démontrent que l'hypothèse DEJEAN ne présente aucune incohérence, aucune impossibilité matérielle, mais au contraire une vraisemblance certaine. » Je me frotte les yeux. Je ferme la chemise colorée du dossier et replace une jambe sous mes draps. J'ouvre à nouveau la chemise et relis la phrase: « L'absence de l'ADN de M. DEJEAN ne prouve en rien son innocence. » Ça n'a aucun sens. Car si l'ADN de Laurent Dejean avait été retrouvé, il ne fait aucun doute que cela aurait suffi à établir sa culpabilité.

Dehors, la lumière des lampadaires danse sur le bitume trempé. À qui pouvait appartenir l'ADN partiel retrouvé sur le corps de Patricia Bouchon? Est-ce fou d'imaginer l'hypothèse suivante: un homme de passage, dont l'ADN n'était répertorié dans aucun fichier? Dès le début de l'enquête, les analystes comportementaux ont pensé qu'il s'agissait d'un meurtre à connotation sexuelle – autrement dit: une agression sexuelle qui aurait dégénéré en meurtre. À la barre, les ex-petites amies de Laurent Dejean ont toutes certifié qu'il ne les embêtait pas « avec ça ». Le taux de récidive des agresseurs sexuels étant plus élevé que celui des personnes n'ayant aucun antécédent d'infraction sexuelle, est-il possible qu'un jour l'auteur véritable des faits se fasse prendre pour une autre affaire, et qu'alors son ADN concorde avec celui retrouvé un matin de février 2011 sur la joggeuse de Bouloc? Les analystes comportementaux avaient également exclu toute personne sous l'emprise d'alcool ou de drogue, car « l'auteur s'est ressaisi et a quitté les lieux avec le corps, ce qui démontre une lucidité et une maîtrise de soi». Pour la même raison, ils avaient aussi exclu tout individu en proie à un trouble mental. Dans mon carnet de notes, je souligne la précision de l'expert psychiatre: «Pour les auteurs atteints de troubles mentaux, il y a souvent dépersonnalisation de la victime, un acharnement où la victime n'est plus reconnaissable.»

Le Dr Franc a déposé son rapport depuis l'étranger et il a été entendu en visioconférence. Sur les écrans de la cour d'assises, au moment de parler de l'altération du discernement de Dejean, une gêne s'est dessinée dans les plis de son visage. «C'est difficile, a-t-il dit, d'émettre une hypothèse sur une autre hypothèse.» Autrement dit: il est compliqué d'établir l'altération du discernement sur une incertitude, à savoir la culpabilité du mis en cause. Cela revient à se demander: «À supposer que Laurent Dejean soit coupable, était-il atteint, au moment des faits reprochés, d'un trouble psychique ayant altéré son discernement ou le contrôle de ses actes?»

La famille de Laurent – sa mère, Maria, et ses sœurs Corinne et Martine – se souvient qu'après l'annonce de la disparition de Patricia Bouchon Laurent avait d'abord demandé à sa mère de ne plus se promener toute seule. Dans le box, Laurent acquiesce: «Je lui ai dit: "Tu te mets avec Dolly dans la cuisine." C'est un chien très très gentil, toiletté...» Laurent digresse toujours trop. Les jours suivants la disparition, il avait lentement glissé: il s'enfermait chez lui, ne voyait personne et avait arrêté de fumer des joints.

Pour le Dr Franc, la mort violente d'une habitante de Bouloc, dans ce village où il a passé toute son existence, a pu être de nature à accélérer le processus de la schizophrénie de Laurent Dejean. Dans son rapport, l'expert indique : « La confrontation à l'horreur des faits a pu être un facteur de décompensation psychotique. » Selon ses sœurs Corinne et Martine, Laurent ne pouvait regarder que la chaîne Gulli avec les enfants. Tout ce qui était violent lui faisait peur. Pour ce qui est de sa sexualité, le Dr Franc la décrit comme étant « sans problème ». En détention, Laurent Dejean lui avait confié à ce sujet : « Je ne me branle pas, je me chatouille pour vérifier la sensibilité, pour pas la perdre. Tout va bien. » Le médecin remarque que cette précision « nous rapproche d'un fonctionnement psychotique ». Et de souligner, à propos du 23 février 2011 : « Oui, on est dans un épisode délirant, mais on est neuf jours après les faits. Les livres décrivent la bouffée délirante comme un coup de tonnerre dans un ciel serein... » Avant d'établir : « Il n'est pas paranoïaque. Lui devient mystique : la bible, la poupée vaudoue... C'est désordonné. D'où "schizophrénie paranoïde". »

Je tourne la page de mon carnet et vérifie les derniers propos de l'expert psychiatre : « La personne qui a commis les faits n'était pas désorganisée. Elle camoufle le corps. Nos patients, quand ça leur arrive, ils sont perdus, même chez eux, c'est le bazar. »

Pas d'ADN, pas d'arme du crime, pas de preuve matérielle d'implication, pas d'aveu et pas de mobile. Mais un témoin. J'essaie de me souvenir : où m'est apparu l'adage « Un seul témoin, pas de témoin » ? Je ferme les paupières. Je peux voir les mots s'inscrire dans mon esprit. C'est une locution latine. *Nullus* quelque chose. Un principe de droit.

Du fond de ma bibliothèque, je tire mon Code pénal vieux d'une décennie. Je fouille dans un dictionnaire juridique et, de guerre lasse, j'allume mon ordinateur. Sur la page de recherche, c'est écrit noir sur blanc. *Testis unus, testis nullus.* Témoin unique, témoin nul. Le droit romain y faisait déjà mention dans le Code de Justinien. C'est un précepte de la Bible. On le trouve dans le quatrième livre, le livre des Nombres (35, 29-30).

Voici des ordonnances de droit pour vous et pour vos descendants, dans tous les lieux où vous habiterez.
Si un homme tue quelqu'un, on ôtera la vie au meurtrier, sur la déposition de témoins. Un seul témoin ne suffira pas pour faire condamner une personne à mort.

Également présent dans le Deutéronome (19, 15) :

Un seul témoin ne suffira pas contre un homme pour constater un crime ou un péché, quel qu'il soit; un fait ne pourra s'établir que sur la déposition de deux ou de trois témoins.

Et repris dans le Nouveau Testament, Matthieu 18, 15-16 :

Si ton frère a péché, va et reprends-le entre toi et lui seul. S'il t'écoute, tu as gagné ton frère.
Mais s'il ne t'écoute pas, prends avec toi une ou deux personnes, afin que toute l'affaire se règle sur la déclaration de deux ou de trois témoins.

Je relève la tête de l'écran. Entre mes doigts, je fais tourner mon stylo noir. Je repense au premier jour du procès, à ce que l'avocat général, David Sénat, avait fait remarquer au directeur d'enquête, Fréderic Aüllo : « Alors, à la fin, quand on a fini d'éplucher les dossiers, les sous-dossiers, on en revient à l'homme qui se promenait avec sa bible. »

26

Un des derniers jours du procès, sur le parvis du palais de justice, un journaliste lève le menton en direction du soleil. Les yeux fermés, il sourit.

« Ne me dis pas que tu ne doutes pas de la culpabilité de Dejean, dis-je.

— Oh si, je doute, je doute ! rit le journaliste. Mais pas assez pour l'acquitter.

— Faut dire qu'il ne se défend pas très bien », répond une autre.

Je me tais. Je ne leur dis pas ce que j'ai vu. Non par goût du mystère ni par volonté de dissimuler quoi que ce soit, mais parce que c'est une image que je ne sais pas encore bien décrire. Le jour où Laurent Dejean a été entendu, le neuvième jour, j'avais déjeuné avec Olivier. Il m'avait parlé de l'horloge trônant au-dessus de la cour d'assises juste sous la demi-coupole bleu et or. Une horloge cassée depuis des années qu'il rêvait de retaper. Le week-end, Olivier adorait parcourir les brocantes et récupérer des pièces. Il m'avait alors parlé de tous les vieux objets que l'on trouvait dans le palais, des portes métalliques aux énormes serrures, vestiges d'un ancien temps. Je lui avais signalé n'avoir jamais vu les geôles du palais. « Ben, viens les visiter », m'avait-il répondu. Nous avions emprunté un chemin labyrinthique à l'intérieur du palais de justice, jusqu'à nous retrouver sous le tribunal. Le bureau de police se trouvait au fond du parking souterrain. Aux murs, des écrans diffusaient les images des caméras de vidéosurveillance postées devant les entrées et les sorties. Un petit coin café était installé à côté du bureau. Un peu plus loin, on apercevait deux minuscules pièces meublées d'une table et de deux chaises : les salles où les prévenus pouvaient s'entretenir avec leurs avocats. Il y avait également une pièce réservée au médecin, éclairée par un néon. Autour se trouvaient les geôles, qui menaient directement aux salles d'audience par un long couloir gris. C'est là que je l'avais vu. À travers la porte vitrée d'une des geôles, j'avais vu Laurent Dejean assis, la tête baissée sur ses jambes croisées. Il attendait seul sur ce banc depuis des heures. Alors que je m'approchais, mon corps s'était figé. Il ne me voyait pas, mais je voyais son geste. La main suspendue près de son oreille, son pouce frôlant ses autres doigts, il se balançait très légèrement d'avant en arrière.

Face au journaliste, je peine à articuler deux ou trois syllabes. Je repense à une scène de l'audience de la veille. Un enquêteur s'est rappelé l'attitude étrange de Laurent Dejean en garde à vue. Ce n'était pas consigné par écrit, alors il en a témoigné à la barre. Sur le bureau du gendarme, une photographie de Patricia Bouchon était posée.

Laurent Dejean se montrait « très évasif » et « peu cohérent », quand soudain il avait vu la photo. Il l'avait prise dans ses mains, l'avait embrassée et s'était exclamé : « Elle est magnifique. J'ai fait le deuil. J'ai fait le deuil de Patricia Bouchon. » Face aux jurés, l'enquêteur a marqué une pause et conclu : « Surprenant. »

Troublée, je me touche nerveusement le front. Mon confrère vient de me confirmer ce désagréable pressentiment : les bizarreries de Laurent Dejean sont retenues contre lui. C'est aberrant : comment peut-on affirmer qu'un schizophrène paranoïde se défend mal, là où la tâche serait compliquée pour n'importe quel homme sain d'esprit ?

Chaque nuit du procès de la joggeuse de Bouloc, je peine à m'endormir, et chaque matin, la queue devant le palais de justice grandit. Au café Le Stadium, le patron m'offre un café :

« Quand je suis allé au marché à 6 heures et demie, il y avait déjà des gens qui attendaient. Qu'est-ce qui se passe avec ce procès ?

— Je ne sais pas, Lionel. »

Du menton, il fait un signe vers les gendarmes attablés à une table du fond.

« Je les ai entendus discuter. Paraît que l'avocat général leur fait la vie dure à ceux-là, hein ? Ils sont pas contents. »

Dès le premier jour, David Sénat avait exprimé sa défiance envers l'enquête. La partie civile en avait été blessée et l'avait fait savoir. Les avocats de Christian et de Carlyne Bouchon avaient raillé auprès de la presse : « Il n'y a pas d'avocat général. » C'était une petite provocation qui faisait partie du jeu. Les avocats savent que la plupart des gens, sûrement à cause de son nom confus d'« avocat général », n'ont pas la moindre idée de sa fonction. Combien de fois une personne du public m'avait tapoté l'épaule pour me demander qui était l'avocat général, quelle était sa place dans le procès ? J'expliquais : « Il représente la société et s'attache à ce que la loi soit appliquée. Dans ses réquisitions, à la fin du procès, il sollicite auprès des jurés la peine qui lui semble la plus juste et la plus adaptée. » L'avocat général n'était pas un accusateur public, comme au temps de la Grande Terreur où l'on condamnait sans preuve ni appel, pourvu qu'une tête tombe. Je n'étais pas inquiète outre mesure. Si le grand public l'ignorait, les jurés eux, l'apprenaient lors de leur formation. Mais nous l'avions tous senti : un changement imperceptible était en train de s'opérer au sein des jurés. Une intime conviction. Au fil des débats, chacun avançait ses pions et, du haut de sa chaire, l'avocat général semblait être dans une position complexe. Je connais David Sénat. Je l'ai suffisamment vu requérir pour connaître sa façon de travailler. Juriste dans l'âme, il est loin d'être un lapin de six semaines. Pas non plus le genre réputé pour sa bonté d'âme. Il maîtrise les règles et se place du côté des stratèges. Mais dans ce procès, son approche était différente. Il doutait de la culpabilité de Laurent Dejean.

Devant le zinc, je ne quitte pas les enquêteurs des yeux. Dans quelques minutes, je me lèverai et irai leur parler. Ils refuseront de répondre à mes questions. Alors, je contacterai David Sénat. La formule du joueur d'échecs de Stefan Zweig est gravée dans ma mémoire : aux échecs, on ne peut pas jouer contre soi-même. « L'unique attrait des échecs, c'est qu'au fond une stratégie se développe dans deux cerveaux différents. » À en croire mes réflexions excessives et la solitude qui en découle, je ne serais pas étonnée que l'avocat général soit dans le même état d'esprit que moi. Je décide de frapper à la porte de son bureau dès le lendemain.

27

Mes yeux se posent sur la robe rouge bordée d'hermine suspendue au porte manteau. Pendant que David Sénat nous sert une tasse de café, mes doigts effleurent discrètement le tissu.

« C'est de la soie. Sucre ? » dit l'avocat général.

— Jamais. Merci. Pour être honnête, mes questions ne porteront pas que sur le dossier.

— Ah, tiens.

— Vous le saviez, j'imagine. »

Nous nous asseyons dans les fauteuils. Il replace sa cravate et me fixe de ses yeux perçants.

« J'imagine que oui », sourit-il tristement

Tout ce que je sais de son histoire, je l'ai lu dans les journaux. Cela faisait sept ans qu'il travaillait auprès de Michèle Alliot-Marie quand elle l'avait convoqué dans son bureau. En 2003, il était devenu conseiller pour les affaires juridiques et la gendarmerie au sein de son cabinet du ministère de la Défense, et en 2007, il l'avait suivie au ministère de l'Intérieur, puis, à partir de 2009, au ministère de la Justice en tant que conseiller en politique pénale. Mais ce jour de juillet 2010, leur relation avait pris une autre tournure. Il avait été soupçonné d'avoir livré à un journaliste du *Monde* des données mettant en cause plusieurs membres du gouvernement dans l'affaire Woerth-Bettencourt. David Sénat démentait farouchement être à l'origine de la fuite. Juste avant de refermer la porte derrière lui, Michèle Alliot-Marie l'avait averti : « J'ai pensé à vous faire nommer procureur général à Cayenne, où je crée une cour d'appel. » Un mois plus tard, il avait été mis fin à ses fonctions au sein du cabinet. Le parquet de Paris avait ouvert une enquête préliminaire et, en décembre 2010, David Sénat était entendu sous le régime de la garde à vue dans les locaux de la brigade de répression de la délinquance à la personne. David Sénat a toujours nié avoir transmis quoi que ce soit. Par ailleurs, il n'y a jamais eu de preuve. Il ne sera jamais poursuivi. Il obtiendra même un euro symbolique de dommages et intérêts pour atteinte à l'intimité de la vie privée. Toutefois, me dis-je, c'est une situation qui laisse forcément son empreinte sur un homme. Il reconnaît avoir été très soutenu par ses proches, si bien qu'il a finalement pu retravailler. En 2015, David Sénat a été nommé avocat général à la cour d'appel de Toulouse. Mais quelque chose a changé en lui. Il sait désormais « à quel point il est compliqué de desserrer les mâchoires de l'étau ». Lui pouvait se défendre à l'époque. Il connaissait le droit, le fonctionnement de la justice, il avait les codes et le langage. Je fais remarquer :

«Alors qu'un gars comme Laurent Dejean...

— Évidemment, je ne peux pas dire que ça n'a pas fait vibrer en moi des choses assez fortes», soupire-t-il.

Il dit qu'au fond ça lui a sans doute fait du bien. De temps à autre, je regarde ses mains. Son poing droit est légèrement crispé. Les traits de son visage restent impassibles. Je comprends que c'est moins l'avocat général qui m'a ouvert sa porte que l'homme seul face à l'institution. Il poursuit:

«La leçon a été dure, mais je me positionne forcément différemment que s'il ne m'était rien arrivé. Je pense que je suis plus indépendant que je ne l'étais.

— Les enquêteurs, la chambre d'instruction, le président de la cour d'assises... tout le monde semble convaincu que c'est Laurent Dejean qui a tué Patricia Bouchon. Qu'est-ce qu'on vous dit à ce sujet?

— Le système ne te dit pas ce que tu dois faire. Jamais», lâche-t-il.

Plusieurs mois auparavant, David Sénat a commencé à éplucher les 40 000 cotes du dossier Dejean. Il avait entendu parler de cette affaire dès son arrivée à Toulouse. Pas grand monde n'allait se précipiter pour la prendre le moment venu, elle était trop complexe. C'était un dossier important, sensible, en raison de la nature des faits — une femme tuée pendant son jogging — et de la brutalité de l'acte — un crime rapide, sur une route de nuit, suivi de la découverte d'un corps enfoui au fond d'un ruisseau, en plein cœur d'une campagne sans histoires. David Sénat était chef du service des assises, la tâche lui revenait. Il croyait vraiment que Dejean était le bon. Il adhérait fondamentalement à cette hypothèse. Il ne lui restait plus qu'à lire les milliers de pages de procès-verbaux, ceux des habitants du village, des suspects inscrits au Fijais et des amis de Laurent Dejean, ainsi que les rapports d'expertises. Chaque fois, pour un avocat général, il s'agit de se projeter dans la perspective d'une audience, de savoir comment on va défendre le point de vue de l'institution. Mais plus il avançait dans sa lecture, plus il prenait la mesure des « lacunes et imperfections de l'enquête [...], qui traduis[ai]ent surtout les hésitations dans la direction et la mise en œuvre de la police judiciaire »: pas de saisine d'un service spécialisé en matière d'homicide, pas d'ADN de Laurent Dejean, pas d'exploitation des empreintes génétiques inconnues trouvées sur la victime non plus, le témoignage bancal d'un seul témoin, des incertitudes sur la couleur de la Clio de Laurent Dejean et son emploi du temps, un portrait-robot loin de faire l'unanimité. Et même en admettant la présence de Laurent Dejean à bord de sa Clio cette nuit-là, rien ne le reliait vraiment au meurtre. Fallait-il être quelqu'un du coin pour savoir qu'il existe des fossés et des buses à la campagne où l'on peut cacher un corps ? Comment un homme en proie à une crise schizophrénique, et au désordre qui va avec, avait-il pu faire preuve de sang-froid pour déplacer le corps de Patricia Bouchon dans sa voiture après l'avoir tuée ? Avait-il pu se ressaisir ? Comment aurait-il pu mettre une personne allongée dans un coffre rempli d'outils ? Combien de temps est-ce que ça lui aurait pris ?

« Hypothèse, hypothèse, tout est hypothèse », me dit-il d'un ton impatient. Au deuxième jour du procès, le mari de Patricia Bouchon s'était avancé à la barre. Il avait immédiatement confié être blessé, « voire outragé », par la position de l'avocat général. À cette remarque, David Sénat avait bondi de son fauteuil, grondant qu'il n'avait « pas à être pris à parti de la sorte ». Exaspéré, il avait informé Christian Bouchon : ses deux avocats connaissaient déjà sa position, ils l'avaient contacté avant le procès. Quand je le lui rappelle, David Sénat secoue la tête.

« Si c'était à refaire, je prendrais la parole et j'expliquerais plus clairement. Mais est-ce possible de faire comprendre la position asymétrique de l'avocat général ? Je n'ai pas d'états d'âme pour faire condamner quelqu'un quand j'ai des certitudes. C'est tout. Parce que je comprends la douleur de cet homme. Enfin, on ne la comprend jamais, parce qu'on n'est pas à leur place, mais je pense que j'en suis capable – j'ai l'expérience et l'empathie pour me mettre à la place des gens qui souffrent. Peut-être que je suis soumis à une hiérarchie, mais j'analyse toujours un dossier sous l'angle du droit, des preuves, des qualifications. L'avocat général n'est l'avocat de personne. Pourquoi ça s'appelle avocat général ? Parce que c'est l'avocat de tout le monde. »

Tout à coup, David Sénat se lève de son fauteuil et tend la main par-dessus mon épaule. Sur une étagère derrière moi, il attrape un code rouge. Les pages du Code de procédure pénale tournent à toute vitesse sous ses doigts jusqu'à la section « Attributions du procureur de la République ». Religieusement, il lit à voix haute : « Il développe librement les observations orales qu'il croit convenables au bien de la justice. » L'avocat général relève la tête, un sourire en coin sur son visage. À ce stade, il est inutile de lui poser la question de ses réquisitions. Il dit :

« Le Code de procédure pénale est clair : l'avocat général ne requiert que ce qu'il croit juste pour le bien de la société. » Je comprends qu'il va vraiment le faire. L'avocat général va requérir l'acquittement de Laurent Dejean.

28

À 14 h 15, après trois longues heures de délibéré, message de l'huissière d'audience : « C'est maintenant. » La cloche sonne. Les jurés reviennent sans leur carnet. Dans le box des accusés, Laurent Dejean se lève. Puis le président de la cour d'assises se racle doucement la gorge et humecte ses lèvres : « Monsieur Dejean, à la question "L'accusé est-il coupable, le 14 février 2011, d'avoir donné volontairement la mort à Patricia Bouchon ?" la cour a répondu oui... » Comme d'un seul homme, le public pousse un cri de stupéfaction. La fin de la phrase du président se perd dans une stupeur assourdissante. Je lève les yeux vers David Sénat. Perdu dans le vide, son regard se pose un court instant sur le sol de la cour d'assises. Christian Bouchon et sa fille Carlyne embrassent leur famille et leurs avocats, se serrent fort dans les bras, vraiment fort. Des larmes roulent sur leurs joues. Justice est rendue, c'en est terminé. J'essaie d'être heureuse pour eux, mais c'est au-dessus de mes forces. Je n'arrive pas à savoir ce qu'ils fêtent ni ce qu'ils ont gagné. « Je ne comprends pas bien », me demande une journaliste devant son écran d'ordinateur portable. Une grimace de malaise se dessine sur son visage. « Ils retiennent l'altération du discernement, mais ils le condamnent quand même à vingt ans ? C'est bien ce qu'ils ont dit ? »

De retour chez moi, j'observe le vent secouer les branches des arbres. La redescente de ce procès est douloureuse. Ce n'est pas ce que la justice avait juré d'être. Comment peut-on se satisfaire d'un tel verdict ? Pour la première fois, je pense que les hommes sont stupides. Ils préfèrent condamner un homme sans certitude, plutôt que de reconnaître leurs erreurs. Voilà, c'est ça, leurs certitudes leur sont plus confortables que leurs doutes. Elles les rendent fiers, même. Je ne savais pas que le sentiment de trahison était un poids sur la poitrine. Je me demande à quoi Laurent Dejean pense, à cette heure-ci, s'il essaie de se rassurer, son pouce effleurant les doigts de sa main, dans sa cellule. C'est sûrement le bon moment pour fumer une cigarette dans le jardin. À la recherche du paquet au fond de mon sac, ma main touche le téléphone. Olivier m'a écrit :

« Après, il s'est effondré et a pleuré comme une Madeleine. Je lui ai tendu un mouchoir, il l'a pris et a pris ma main avec, et il l'a serrée fort. » Il conclut son message par : « Je peux te dire que je me souviendrai de ce procès. »

29

Les yeux fermés, je compose une liste mentale de détails sur ceux que j'aime. Ma fille aime construire des cabanes et comprendre les effets spéciaux des films. Un soir en s'endormant, elle eut cette phrase : « Ah, heureusement que quelqu'un a inventé le lit. Et que les guerres mondiales sont passées. » Et je me suis dit qu'elle avait raison. Alors que nous étions ensemble depuis des années, mon conjoint m'a confié : « N'as-tu donc pas remarqué ? La réussite de ma vie est de te faire rire une fois par jour. » Et je me suis dit que c'était le plus bel acte d'amour. De son propre aveu, ma mère se déplace exceptionnellement pour un mariage, rarement pour un baptême et toujours pour les enterrements. Le plus important, dit-elle, c'est d'être là à la fin. Ses fleurs préférées sont les roses. Elle en plante dans son jardin, les peint, les porte en imprimé. Le jour où j'ai rencontré ma meilleure amie, j'ai tout de suite su qu'elle le deviendrait. Quand elle est née, ce fut une surprise pour tout le monde, car l'échographie annonçait un garçon. Ma belle-sœur a le plus beau des éclats de rire, un rire qui efface tout, et je crois en avoir entendu peu des comme ça. Quand les lumières s'éteignent, je répète la liste mentale en boucle avant de sombrer dans le sommeil. J'essaie de ne rien oublier.

30

À propos de mon écriture, Carron dit souvent que je suis un diesel : « Et ton problème, Costa, c'est que tu veux problématiser. » Il dit vrai : j'ai du mal à démarrer mes papiers. L'amorce d'une série judiciaire peut me prendre des heures. Mais Carron me surestime en voyant là mon entière responsabilité. Le problème, en réalité, c'est que, quand une histoire arrive, elle a commencé bien avant. Il y a toujours plusieurs départs de feu. Par exemple, où commence le *Requiem* de Mozart ? Le jour où le comte Franz von Walsegg, qui venait de perdre sa femme, promit 225 florins à Mozart pour la composition d'une messe des morts ? Ou bien deux ans auparavant, quand Wolfgang Amadeus Mozart se retrouva dans une misère telle qu'il ne pouvait refuser aucune proposition ? Le *Requiem* aurait-il pu être ce qu'il est si Mozart, voyant sa propre fin arriver, n'avait pas eu l'impression de l'écrire pour lui-même ?

Face à mon écran, mes yeux se perdent dans le vague. L'audience est terminée depuis longtemps, mais les agents de sécurité ont autorisé les journalistes à rester pour travailler jusqu'à la fermeture du palais. Au tribunal judiciaire de Nantes, les salles du rez-de-chaussée n'ont pas de fenêtres, et les murs sont d'un rouge qu'il est difficile de qualifier autrement que de rouge sang. À côté de moi, Julie referme brusquement son ordinateur. Je sursaute. Nous ne sommes plus que deux dans la salle de presse. « Je vais rentrer et finir à l'hôtel. J'en peux plus et je commence à écrire n'importe quoi », annonce Julie. Je suis un peu déçue de me retrouver sans elle. Julie Brafman est journaliste à *Libération*. Nous nous sommes rencontrées sur l'affaire Pastor à Aix-en-Provence. Jusqu'alors, nous vivions chacune avec la conviction que notre écriture était lente et laborieuse. En discutant à la terrasse ensoleillée d'un restaurant italien hors de prix, nous avions découvert qu'à part Stéphane Durand-Souffland du *Figaro*, qui est capable de produire un papier acerbe et lumineux en un temps record de quarante minutes, l'écriture *en soi* était lente et laborieuse. Cette révélation nous avait réconfortées. Mais si je la sais capable de passer plusieurs heures sur l'entrée en matière d'un papier comme moi, je l'ai aussi déjà vue rédiger en urgence un papier sur la mort de Fourniret au beau milieu d'un procès ultra-médiatique. Et si elle assure qu'il s'agissait là d'un événement exceptionnel, il n'empêche que je me sens incapable d'un tel dédoublement.

« Tu restes encore longtemps ? » me demande-t-elle en rangeant son carnet de notes dans son sac.

Julie prend toutes ses notes au stylo-plume. Quand elle ne l'oublie pas.

« Jusqu'à la fermeture, je pense.

— Appelle-moi si tu as fini et si tu veux qu'on aille manger une pizza avec du rosé.

— Je ne pense pas que j'aurai fini, tu sais ce que c'est, les premiers papiers des séries.

— OK, bon courage alors ! À demain. »

Elle tire la lourde porte et quitte les lieux dans son grand manteau, juchée sur ses talons hauts, tel un chat des beaux quartiers. C'est sûr, son papier publié demain dans les pages de *Libération* sera super. Demain, ce seront les plaidoiries des avocats. Il faut que je termine mon article avant. J'attrape quelques pièces de monnaie dans la poche de ma veste et m'en vais chercher un soda à la machine.

Pour savoir par où prendre une histoire, imaginez un fil : avant de le glisser dans le chas de l'aiguille, il faut observer le diamètre du trou et la tenue du fil à la lumière. Puis humidifier le fil entre les lèvres. S'y reprendre à plusieurs fois, selon l'épaisseur du fil, son nombre de brins et la taille du chas. Ensuite, seulement, vous pouvez commencer l'ouvrage. Construire une histoire ressemble à ça. De retour face à mon ordinateur, je tape sur mon clavier :

Il est parfois impossible de dater le départ des tragédies. Peut-être l'affaire avait-elle débuté trois ans plus tôt, lors d'une réunion familiale. Elle avait aussi pu naître dix ans avant les faits, au détour d'une remarque anodine. Mais il serait tout autant acceptable de situer l'origine du drame soixante-dix-sept ans plus tôt, en 1940. À moins qu'elle n'ait tout simplement commencé le jour de la rencontre entre Hubert Caouissin et Lydie Troadec.

Je regarde l'heure. 19 heures. Ma fille doit être à table. Le procès d'Hubert Caouissin et de Lydie Troadec a duré trois semaines et j'ai hâte de rentrer à Toulouse pour la retrouver. Je m'étire et place mes mains derrière la tête, scrutant le plafond. Un moment d'audience me revient.

« Monsieur Caouissin, si on n'a trouvé aucune preuve de l'existence du magot, n'est-ce pas tout simplement qu'il n'existe pas ? » avait demandé doucement la présidente de la cour d'assises.

— Oui. Ou bien qu'on n'a pas assez cherché », avait répliqué du tac au tac Hubert Caouissin.

Je m'étais alors tournée vers Julie. Nous nous étions regardées, stupéfaites. Tout le monde sait ce qu'est la paranoïa. Mais la voir de ses propres yeux est remarquable. C'est comme assister à un phénomène surnaturel.

Autrefois, le père de Lydie Troadec avait raconté à sa fille et à son gendre une histoire : il avait découvert, un jour, au fond du port de Brest, une caisse de lingots d'or. Il l'avait ramenée et cachée dans le garage. Cette histoire n'était ni une vérité ni un mensonge. Pour la comprendre, il fallait remonter au début de la Seconde Guerre mondiale.

À l'époque, la France est l'une des plus grandes puissances monétaires du monde : les caves de la Banque centrale contiennent 2 500 tonnes de lingots et de pièces d'or. Fin 1939, la France — aux côtés du Royaume-Uni — déclare la guerre à l'Allemagne. Pour empêcher l'ennemi de s'emparer du trésor au cas où il viendrait à passer la frontière, le gouverneur de la Banque de France, Pierre-Eugène Fournier, prend les devants. Il décide de sortir l'or du pays. À bord de navires militaires, des caisses d'or quittent les ports de France pour l'Angleterre, les Antilles, l'Afrique, les États-Unis ou encore le Canada. En décembre 1939, un convoi de 100 tonnes d'or doit ainsi partir de Brest pour la Nouvelle-Écosse. Deux mille soixante et onze caisses et sacoches remplies de lingots et de pièces sont chargées dans les soutes du cuirassé *Dunkerque*. Dans une lettre envoyée au gouverneur Fournier, l'amiral Gensoul écrira à propos de l'opération : « Il était impossible de compter sur la discrétion absolue d'un équipage de 1 500 hommes et des nombreux ouvriers qui participaient ou assistaient à l'embarquement. »

Des convois sont tout de même organisés jusqu'au dernier gramme d'or. Le dernier part à bord de bateaux civils réquisitionnés, quelques jours avant l'armistice du 22 juin 1940. Mais dans la précipitation, le pointage ne peut être strictement vérifié. De là naît une légende : au moment de ce dernier chargement, une caisse d'or serait tombée dans le port de Brest. Ce n'est pas impossible : même si la Wehrmacht n'a jamais mis la main sur l'or français, à la fin de la guerre, 395 kilos d'or manquaient à l'appel. La rade de Brest a bien été sondée par des scaphandriers. En vain.

Personne n'avait vu la caisse de lingots d'or dans le garage, mais Hubert Caouissin et Lydie Troadec étaient persuadés de son existence. Quand ils ne l'ont pas trouvée, ils n'ont pas pensé qu'elle n'avait jamais existé. Ils se sont persuadés d'autre chose. Que le frère de Lydie Troadec, Pascal, avait mis la main sur le trésor ! À partir de là, le moindre de ses gestes est devenu une preuve à charge. Un voyage en famille dans une capitale européenne, l'achat d'une nouvelle voiture ou une simple blague teintée d'ironie suffisaient à convaincre Hubert Caouissin et Lydie Troadec : Pascal Troadec avait volé les lingots d'or et sa famille était désormais riche.

Au cours de l'hiver 2017, Hubert Caouissin ne dort plus. La nuit, il quitte sa ferme de Pont-de-Buis et roule à travers la campagne jusqu'à la maison de Pascal et de Brigitte Troadec. Tout de noir vêtu, il se poste dans leur jardin et, muni d'un stéthoscope, écoute aux murs de la maison. Sa belle-famille ne parle pas du trésor. Cela le frustre terriblement : il lui faut plus de preuves. Il faut les arrêter avant que le pire n'arrive. Car, aussi improbable que cela puisse paraître, l'or importe peu à Hubert Caouissin. Il a peur pour son fils. Son fils est le dernier de la lignée Troadec. Le dernier héritier. Tôt ou tard, l'or lui reviendra. Alors, tôt ou tard, Pascal essaiera de s'en prendre à lui.

Face aux jurés de la cour d'assises, Hubert Caouissin assure que « le fait d'être père est la chose la plus importante au monde. Le reste n'est rien à côté ». À sa naissance, son fils perdait beaucoup de poids. Il fallait le nourrir à l'aide d'une sonde. Dès sa sortie du travail, Hubert Caouissin se rendait à la maternité pour le nourrir avec une pipette « pas plus grande qu'un crayon ». Debout dans le box de la cour d'assises de Loire-Atlantique, Lydie Troadec souffle : « C'est peut-être là qu'ont commencé les angoisses. »

D'abord, il y avait eu les maux de crâne. Hubert s'était mis à « mal parler » à Lydie : « Je lui ai dit qu'il fallait qu'il arrête », relate-t-elle. Elle avait mis son agressivité sur le compte du stress. Le matin, Hubert Caouissin doit se lever tôt pour prendre le bateau menant à l'île Longue, située dans la rade de Brest. Il travaille en tant que technicien en chaudronnerie sur le chantier de l'arsenal, base de sous-marins nucléaires lanceurs d'engins. Le site est classé « secret défense ». Les horaires sont compliqués, pression et promiscuité en plus. Mais ensuite, il y avait eu les bruits. En pleine nuit, Hubert Caouissin est réveillé par le bruit de la serre de son voisin, « pourtant là depuis 2009 ». Sur le chantier de l'arsenal, le personnel et les ouvriers d'État baignent dans un « bruit de fond permanent, comme sur une autoroute ». Peu à peu, Hubert Caouissin ne supporte même plus le son des vagues sur le transrade en direction de l'île Longue au petit matin. Malgré son atelier insonorisé, le vrombissement des moteurs et le murmure des canalisations du chantier deviennent à leur tour invivables. Un premier arrêt de travail lui est délivré en juillet 2013. À son retour en septembre, un crayon tombe sur le sol du chantier et son crâne se transforme en caisse de résonance. Hubert Caouissin court vers son chef. Il faut qu'il parte. « Je ne voyais plus rien. Je ne comprenais plus rien. » Il passe deux audiogrammes sans qu'une hyperacousie soit diagnostiquée. L'ORL conclut à une « sensibilité » pour les ondes sonores à basse fréquence. À l'automne 2013, Hubert Caouissin commence à se taper la tête contre les murs. Il prend son élan et se jette contre la cloison. « Parfois, la cloison était enfoncée. C'était de la brique et du plâtre », précise Lydie Troadec. Un après-midi où elle conduit le petit à sa compétition de judo, Lydie Troadec demande à son mari s'il a bien pensé à l'appareil photo. Hubert Caouissin se claque alors la tête contre le tableau de bord. « C'était pas un spectacle pour mon fils », dit Lydie Troadec à la cour. Elle n'avait pas eu peur – Hubert ne lui avait jamais fait de mal –, mais elle avait eu mal pour lui. Quand elle avait tenté d'expliquer les crises au médecin généraliste, celui-ci lui avait rétorqué, à propos d'Hubert : « Il ne fait pas d'effort. » Lydie Troadec s'était sentie ridicule. Elle n'avait pas insisté. Mais début novembre 2013, le médecin du travail, lui, ne minimise pas l'état d'Hubert Caouissin. Il lui signe cette fois un congé maladie longue durée. Hubert Caouissin pense faire un burn-out. Il se décide à voir un psychiatre.

Le jour de son premier rendez-vous, pris dans les embouteillages, Hubert Caouissin peine à trouver la rue du cabinet. Désorienté, il se trompe et arrive en retard. Quand il pénètre enfin dans la salle d'attente, il est en sueur. Dans un coin de la pièce, un ventilateur tourne. Le bruit des pales cogne dans sa boîte crânienne. Il part du cabinet sans se retourner. Hubert Caouissin ne verra plus aucun psychiatre. Sauf en détention.

À la barre, le docteur psychiatre Daniel Zagury annonce: «Si j'avais des étudiants en psy qui se demandaient ce qu'est le délire, je leur parlerais d'Hubert Caouissin.»

Les faits sont abominables. Une nuit d'hiver 2017, Hubert Caouissin n'entend aucun bruit à travers les murs de la maison de son beau-frère. C'est la nuit de trop. Il rentre par la porte du garage. Sur la pointe des pieds, il se met en quête de trouver des preuves du trésor. Il claque des dents. Ses jambes tremblent. Il y a un bruit. La voix de Brigitte Troadec, la femme de Pascal, résonne en haut des escaliers. *Qu'est-ce qu'il se passe ici?* Un faisceau de lumière apparaît. Dans son dos, Pascal Troadec surgit, un pied-de-biche à la main. Hubert Caouissin s'en empare et se met à frapper. Interpellé et placé en garde à vue deux semaines plus tard, Hubert Caouissin, qui n'avait jamais pris un P-V de sa vie, racontera avec minutie ce qui s'est passé alors. À vrai dire, il donnera tant de détails que les enquêteurs en seront eux-mêmes troublés. Durant huit heures, il parlera sans s'arrêter. Le procès-verbal comprend dix-sept pages de déclarations spontanées, dont dix sans aucune question des enquêteurs. Dix pages où il raconte la bagarre qui a suivi, une bagarre où il aurait été seul contre tous, comme dans un film où il incarnerait la victime de terribles oppresseurs. À coups de pied-de-biche, il tue un à un Pascal Troadec, sa femme, Brigitte, et leurs deux enfants, Sébastien et Charlotte, âgés respectivement de 21 et 19 ans. La suite dépasse l'entendement. Dans la grange de leur ferme isolée, Hubert Caouissin découpe, démembre et brûle les corps des quatre membres de la famille. Cette terrible entreprise lui prend trois jours entiers, durant lesquels Lydie Troadec s'occupe de leur fils. Elle tente de le tenir éloigné des fenêtres qui donnent sur la grange, et lui fait faire ses devoirs. De nuit, Hubert Caoussin disperse les restes des corps dans la forêt.

« Quand j'étais jeune expert, je pensais que le démembrement n'était compatible qu'avec certains profils : de grands psychopathes, des schizophrènes, etc. Mais l'expérience m'a montré autre chose », explique le docteur psychiatre Daniel Zagury. Un instant, il se pince les lèvres. Auprès de lui aussi, Hubert Caouissin s'est épanché au sujet des meurtres et a dépeint avec force détails les trois jours qui ont suivi. « Les sujets pervers donnent des détails pour provoquer une gêne, pour jouir de cette gêne », nuance l'expert psychiatre. Avec Hubert Caouissin, poursuit-il, « on n'est pas là-dedans. Il dit ça sans chercher le trouble ou la gêne. C'est pas par perversion, c'est... autre chose. C'est une dynamique délirante ». Hubert Caouissin est un homme intelligent et raisonné, dont le risque de récidive est quasi nul selon les experts. C'est aussi un homme atteint d'un délire chronique de type paranoïaque « relativement structuré ». Nous l'avons vu, en direct, à la cour d'assises.

Je me redresse sur mon siège. La tragédie n'avait pas débuté avec la légende des lingots d'or. Elle avait pris racine dans un endroit plus sombre. L'angoisse de perdre son enfant.

Dans mes notes, je retrouve la lettre écrite par Hubert à Lydie en détention : « Je me souviens de [notre fils] à la maternité. Il serrait mon pouce, alors qu'il était sous sonde. Alors que tout le monde l'avait abandonné. » Plus loin, une question de l'avocat de son fils devant la cour d'assises : « Monsieur Caouissin, êtes-vous encore persuadé que votre fils était en danger ?

— J'ai un doute, je... j'étais dans un tunnel dont je n'arrivais pas à sortir.

— Qu'est-ce qui pourrait vous faire sortir de ce tunnel ?

— D'en discuter avec Pascal et Brigitte. C'est fou. »

La journée d'audience terminée, je pousse la grande porte en verre du palais. Je prends une profonde inspiration. Sur l'île de Nantes, une bourrasque soulève les branches des arbres et claque sur la structure métallique noir de jais du tribunal. Pour moi, ça avait commencé avec la table à langer. Un jour où ma fille était sur la table à langer, j'avais pensé : *si là elle tombait, ce serait vraiment horrible, elle est si petite, son crâne se fracasserait contre le sol.* Puis, alors qu'elle était allongée sur son tapis de jeu, j'avais pensé : *si là je lui mettais un coussin sur la tête, ce serait vraiment horrible, elle mourrait étouffée.* En traversant la route, je la regardais emmitouflée dans sa poussette et je pensais : *si là une voiture venait à la faucher, son petit bonnet ours volerait, et cette image me hanterait pour le restant de mes jours.*

Les pensées intrusives sont cruelles et terrifiantes parce que imprévisibles. Elles s'imposent dans votre esprit. Mais en dehors des moments où elles se manifestaient, je n'en souffrais pas. Je savais qu'elles n'étaient pas la réalité. C'est donc ça la maternité, me disais-je, c'est visualiser tout ce qui pourrait mal se passer. Peut-être était-ce biologique. Peut-être était-ce un réflexe atavique, afin d'anticiper les situations dangereuses. Ce n'est que bien plus tard que j'ai su : les pensées intrusives sont un syndrome de dépression post-partum. Ce n'est pas vraiment l'idée que je m'en faisais, car ce bébé qui était le mien m'emplissait de joie. Mon quotidien en famille était un émerveillement de tous les instants. C'était ça, la réalité. Celle à laquelle j'étais accrochée.

Hubert Caouissin s'est raconté une histoire de lingots d'or pour trouver un sens à son angoisse. Il avait eu peur de perdre son fils lorsque celui-ci était bébé et, même si le danger n'existait plus – son fils avait grandi et était en bonne santé –, la peur, elle, était restée. Après les faits, Lydie Troadec avait recouvré peu à peu la raison, mais pas lui. Hubert Caouissin était resté dans le monde des questions sans réponses.

Seule dans le palais de justice vide, j'efface les premières lignes que j'ai tapées. Et je commence à raconter la réalité d'Hubert Caouissin. Celles où les angoisses prennent vie.

31

Ma conversation avec le nouvel avocat de Laurent Dejean m'avait convaincue de ne pas assister au procès en appel. Sa ligne de défense – Laurent Dejean est une personne psychologiquement fragile, sous curatelle, que la société doit protéger plus que condamner – serait un échec. J'en étais persuadée. Non pas que ce soit une mauvaise ligne de défense, mais elle était bien trop technique pour les jurés. J'avais aussi appris que David Sénat ne s'occupait plus du dossier. En d'autres termes, un autre avocat général serait chargé de requérir la condamnation de Laurent Dejean et l'obtiendrait. Je ne voulais pas m'infliger ça. Au début de l'été 2021, Laurent Dejean était condamné, en appel, à vingt ans de réclusion criminelle pour le meurtre de Patricia Bouchon. Je ne sais pas si des gens ont crié à l'annonce du verdict.

À la fin de l'été, une magistrate de la cour d'appel de Douai met fin à ses jours. Peu de temps après, un jeune greffier tente de se suicider. Dans sa lettre d'adieu, il écrit :

L'intérêt général, la « Res publica », servir la chose publique, ce n'est pas ça le but de la justice et du service public ? Comment y parvenir si tout fonctionne en mode dégradé ? Désolé, je ne suis pas une pieuvre, j'ai que deux bras et je ne suis pas une machine. Bon courage, et si le seul moyen de vous faire réagir et d'améliorer les choses ici, c'est un petit suicide altruiste, eh bien, soit, je suis prêt à payer ce modeste prix. Merci papa, et désolé.

Je repense à cette pancarte affichée au palais de justice de Nantes : « Comme le *Titanic*, la justice coule à pic. »

Sans réfléchir, j'attrape plusieurs chemises colorées au fond de ma bibliothèque, portant la mention « DEJEAN » en lettres noires. Certaines pages sont écornées. J'aime me plonger dans les pages de dossiers. C'est de la littérature. Cette fois, je reprends depuis le début. C'est une partie que je n'avais jamais explorée avant. Je tombe sur les réquisitions du procureur général devant la chambre de l'instruction, un an avant que Laurent Dejean ne se retrouve aux assises. Douze pages où le parquet de Toulouse défait, point par point, la consistance des charges pesant sur l'accusé. Le témoin unique, les temps de déplacement jamais vérifiés, les autres véhicules qui auraient été vus sur la route aux environs des faits et jamais recherchés, l'absence d'éléments matériels probants reliant le conducteur d'une Renault Clio à l'agression de Patricia Bouchon. Le procureur général revient sur le mensonge de Laurent Dejean qui contestait, au départ, avoir jamais eu en sa possession une Clio série 1. « Ce mensonge, conclut le réquisitoire, constitue-t-il une charge suffisante justifiant sa mise en accusation devant la cour d'assises ? » Je n'en crois pas mes yeux. David Sénat n'avait pas toujours été seul. Sa demande d'acquittement venait appuyer une décision collégiale. Et on lui avait retiré le dossier en appel pour se prémunir contre un nouveau camouflet. Immédiatement, je l'appelle.

« Je n'avais pas compris, dis-je. Je n'avais pas compris à quel point vous aviez été seul.

— Sur le moment, non. Au moment du procès, je suis seul, mais c'est la règle, je suis dans le tunnel des assises. Je suis habité par mon dossier, je ressens assez peu la solitude. Je suis soutenu par la procureure générale de l'époque, une femme de peu de mots, mais très à l'écoute, très solidaire et très compréhensive. C'est après... c'est quand les lumières s'éteignent que c'est plus difficile. J'ai cru naïvement qu'on verrait que j'avais été dans une position honnête et loyale. Une position qui avait déjà été arrêtée collégialement par quatre magistrats et exprimée devant la chambre d'instruction : Dejean, je n'en faisais pas un martyr. Je disais juste : je ne sais pas. Mais en fait, on était dans un débat binaire : coupable ou non ? Il n'y avait pas de troisième, quatrième ou cinquième nuance. L'échec, c'est ça : de ne pas avoir pu montrer la relativité de la vérité.

— Mais on vous a retiré le dossier.

— Je n'ai pas de droit de suite. Qu'il y ait une autre position, aucun problème. Je comprends qu'on ne soit pas d'accord. Il fallait évidemment donner le dossier à quelqu'un d'autre dans ce cas. Parce que je n'aurais jamais accepté de changer d'avis. C'est la manière de le dire que je n'ai pas apprécié. »

Il poursuit : « Peu de temps après son arrivée, le nouveau procureur général m'a fait venir dans son bureau pour qu'on parle du dossier Dejean. Très vite, il m'a dit : "C'était une erreur. Les réquisitions d'acquittement étaient une erreur." C'est ce qui m'a atteint. Qu'on y voie une faute professionnelle, comme si c'était une vision très personnelle des choses. C'était inutilement cruel et surtout pas courageux.

— Il vous a renvoyé à votre solitude.

— Non, il a créé une solitude qui n'existe pas au sein du parquet. Qui n'existait pas avant lui. Je n'étais pas seul dans l'élaboration de cette position à l'époque. Il a évidemment fait semblant de l'oublier. »

Avant de raccrocher, il me dit :

« J'ai un souvenir très net du verdict. Je revois les gens au fond de la salle pourtant obscure et j'entends encore les cris de stupeur. Je me souviens m'être dit : "Tu n'es pas tout seul, tu n'es pas fou !" »

32

Ce qui lie les criminels entre eux n'est ni l'enfance malheureuse ni la fureur sans limites, mais la certitude qu'ils peuvent encore s'en sortir. C'est là que l'horreur se manifeste, dans l'après. La terreur et la sidération face à un corps sans vie font faire des choses étonnantes, voire complètement hors de propos. Souvent, un membre de l'institution judiciaire clamera : « Vous auriez pu appeler la police à ce moment-là ! Prévenir les secours ! », mais c'est supposer que la personne est en possession de ses moyens. Par arrogance ou par peur, le criminel imagine que les choses reviendront dans l'ordre. Il imagine pouvoir effacer la victime, effacer ses traces, effacer la mort. L'acte criminel est un choix, c'est pour cela que l'on parle d'homicide volontaire. Ce qui arrive après le crime répond à une autre logique. La plupart des coupables ont des réticences à avouer ce forfait-là, l'atteinte au corps post mortem. Comme Jonathann Daval qui, avouant pourtant le meurtre de sa femme, Alexia, persistait : « Par contre, le feu, le feu, c'est pas moi. Je ne l'ai pas brûlée », avant de reconnaître les faits lors de la reconstitution.

L'après ne m'a jamais empêchée de suivre un procès. J'en éprouve du dégoût, de l'écœurement ou de l'effroi, mais mes cauchemars sont vides de ces faits-là. Pourtant, tous les chroniqueurs judiciaires, même ceux qui ont le cuir épais, ont des affaires qu'ils refusent de suivre. Nous avons tous une limite à ne pas franchir. Un procès suffit à la déterminer. Le mien est celui de Sophie Masala.

Sophie Masala avait été surnommée « la démembreuse du canal » parce que, le 24 mai 2016, aux abords du canal du Midi, une étudiante avait aperçu un sac-poubelle dans l'eau. L'objet l'avait intriguée. Elle avait interpellé un passant, professeur d'accordéon. À l'aide d'un bâton, l'accordéoniste avait touché le pied vêtu d'une chaussette noire dépassant du sac. « Si c'est dur, c'est un mannequin, si c'est mou, c'est un corps », avait-il pensé. Ce n'était pas dur. Deux jours plus tard, un SDF contactait la police à son tour. Il avait découvert dans le canal une valise dont se dégageait une odeur très « contrariante ». À l'intérieur, il y avait un torse de femme. Un engin de nettoyage avait ensuite repêché un bras droit, et les enquêteurs un bras gauche. La victime avait vite été identifiée : Marilyne Planche, 50 ans, employée à l'Agefiph, une association d'aide aux travailleurs handicapés. Le puzzle macabre avait tenu la ville en haleine, jusqu'à l'arrestation d'une femme de 52 ans, à Montpellier : Sophie Masala. Elle était la collègue de Marilyne Planche. À l'intention de la juge d'instruction, Sophie Masala avait dessiné un plan indiquant où se trouvait la tête de Marilyne Planche. Elle l'avait enterrée sous le buis de son jardin. La façon dont Sophie Masala s'était débarrassée du corps de sa collègue était effroyable. Mais ce qui m'intrigue le plus est : comment une femme de son âge, jamais connue ni condamnée pour des faits de violence, avait pu en arriver là ?

La vie de Sophie Masala est une vie de déceptions. Une mère odieuse, une fratrie à sa charge, une dépendance aux jeux de course et des dettes. Sophie Masala n'avait pas de rêve de grandeur. Elle souhaitait juste qu'on l'apprécie un peu. N'est-ce pas toujours le cas ? Mais pour Sophie, cette absence de reconnaissance s'était transformée en un ver solitaire, une haine la rongeant chaque jour un peu plus de l'intérieur. En arrivant à l'antenne Agefiph toulousaine, elle avait fait la connaissance de Marilyne Planche. Salariée depuis des années, Marilyne était appréciée de toutes et de tous au sein du bureau. Et cette affection-là renvoyait Sophie à ses propres échecs. Au procès, les faits sont retournés dans tous les sens. Pourquoi avait-elle gardé la tête pour l'enterrer chez elle ? Les experts psychiatres, interrogés tour à tour à la barre, peinent à répondre à cette question. Sophie Masala n'est ni psychopathe ni atteinte d'une maladie mentale. Dans le box des accusés, Sophie elle-même n'est pas capable de l'expliquer. Pas plus qu'elle n'est capable d'expliquer l'enchaînement des événements. Sur les images de la reconstitution projetées sur les écrans, Marilyne Planche agresse Sophie Masala venue lui rendre visite, et Sophie Masala se défend en lui assénant un coup de bouteille de vin sur le crâne. Dans sa version, elle est la victime. Mais après une longue suspension d'audience, où ses avocats remontent des geôles la mine grave, ils annoncent un coup de théâtre: Sophie Masala souhaite revenir sur ce qu'elle a dit. Son mari et ses enfants ont raison quand ils disent qu'elle ment beaucoup, qu'elle a toujours beaucoup menti, pour les choses insignifiantes comme pour les plus importantes. Elle parle d'« aménagements de la vérité », un mécanisme pour contrer sa honte. Alors, elle passe à table. Son débit est rapide, ses phrases courtes: « Marilyne ouvre sa porte. Elle va dans sa salle de bains. Elle ne m'a pas entendue. Elle est sortie en culotte. Je ne me suis pas manifestée. »

Instantanément, tout concorde avec le dossier et les débats des quatre derniers jours d'audience. Marilyne ne pouvait pas la voir. Au bord de la cécité complète, elle sortait d'une lourde opération de la cataracte. « Quand elle est arrivée à ma hauteur, elle m'a dit: "Qu'est-ce que tu fais là?" Elle a eu peur. Elle est sortie. Elle a crié. »

Quelque temps plus tôt, Sophie Masala avait volé le trousseau de clefs de sa collègue. Elle s'était introduite chez elle, sans bruit, et l'avait attendue. Ma limite se trace ici: cette attente, dans la pénombre, d'une personne plus faible que soi est pour moi plus glaçant que tout le reste. Marilyne Planche n'avait même pas conscience de la haine vouée à son encontre par sa collègue. Comment aurait-elle pu se défendre d'un danger qu'elle ne soupçonnait pas?

Le premier article de ma série consacrée à l'affaire porte entièrement sur Marilyne Planche. Au téléphone, une journaliste qui a aussi suivi le procès me demande si ce portrait n'est pas impudique. Car Marilyne Planche se distinguait par sa discrétion. Personne de son entourage, pas même sa sœur dont elle était très proche, ne connaissait sa vie. En vingt ans de relation, son bon collègue de l'Agefiph n'avait même jamais su où elle habitait. L'intimité est une notion étrange. Chacun la place où il veut. Elle concerne l'argent ou la santé. La vie sexuelle ou les voyages à l'autre bout du monde. Certains n'en ont aucune, d'autres peut-être trop. Marilyne Planche était pudique, mais ça n'avait pas toujours été le cas. Mon papier raconte son enfance, sa jeunesse à Paris, ses aspirations tuées dans l'œuf. Sans enfants ni conjoint, elle était certes très appréciée de tous, mais seule. Après l'audience de l'accusée, je savais que j'écrirais ce portrait. C'était insupportable d'imaginer qu'on ne se souvienne d'elle qu'à travers sa mort. En ne le faisant pas, j'aurais presque eu le sentiment d'une forme de déshumanisation de sa personne. Le crime n'est jamais quelque chose d'abstrait, comme a dit un jour l'avocat général Jacques Dallest. Souvent, on pose cette question aux parties civiles : « Qu'attendez-vous aujourd'hui de ce procès ? » et souvent la réponse est : « Que justice soit faite », ce qui est une façon de dire : « Que la peine maximale soit prononcée. » Je ne suis ni juge ni juré. Je n'ai aucune influence sur la peine. Je veux juste rappeler que Marilyne Planche était quelqu'un. Elle avait été l'enfant de quelqu'un, la sœur de quelqu'un et une femme qui, à l'instar de toutes les autres, n'aurait jamais souhaité voir son nom associé à une tragédie. Il y a plusieurs façons de rendre justice. Celle-là, c'était la mienne.

33

Dans le taxi qui m'emmène au palais de justice, je vérifie du bout des doigts si j'ai bien glissé ma carte de presse dans ma veste avant de claquer la porte. Mon réveil n'a pas sonné, et je suis partie sans me coiffer. Après m'être assurée que j'ai le principal, je relâche ma nuque sur le siège.

« Vous êtes avocate ? me demande le chauffeur.

— Non », dis-je.

Depuis que je me suis spécialisée dans les affaires judiciaires, j'ai appris à ne pas trop en dire. Les hommes qui veulent que vous écriviez sur leur divorce et la garde des enfants qu'ils n'arrivent pas à obtenir sont plus nombreux qu'on ne croit. Mais ce jour-là, le soleil filtre à travers les vitres légèrement descendues.

« Je suis journaliste.

— Ah, vous suivez les procès ! J'ai travaillé pour la justice moi aussi. Récemment, j'étais chargé d'accompagner tous les matins des enfants à l'école. Leur mère avait tué leur père, elle était sortie de prison, les avait récupérés, et puis au second procès elle avait été encore condamnée. »

J'écarquille les yeux et réponds :

« Les trois enfants d'Édith Scaravetti et de Laurent Baca ?

— Oui, c'est eux ! Oh, des enfants gentils, madame, si vous saviez. Toujours bonjour, s'il vous plaît, merci. Et intelligents, avec ça ! Ils avaient de très bonnes notes. »

34

Le 18 juin 2013, à Roquecourbe, un petit village du Tarn, Amandine Estrabaud disparaît. Elle a 30 ans. Sa mère, s'inquiétant de ne pas avoir de nouvelles, se rend chez elle le lendemain matin. Amandine vient d'emménager dans une maison du hameau de Cantegaline. La porte de la maison n'est pas fermée à clef. À l'intérieur, rien n'a bougé. Quelques cartons de déménagement attendent encore d'être ouverts. Un verre dans lequel on a versé du jus d'orange est posé sur la table. Le lit est fait. Sa mère crie son nom, de pièce en pièce. Personne ne répond. Elle compose le numéro d'Amandine. Une sonnerie de téléphone portable résonne dans la maison. La mère d'Amandine suit la musique en bas. Le téléphone est dans une poche de veste accrochée dans l'entrée. À côté du sac de sa fille, dans lequel se trouve sa carte bleue. La mère d'Amandine Estrabaud appelle immédiatement les gendarmes.

À l'arrière de la maison, dans le jardin d'Amandine Estrabaud, il y a toutefois une chose étrange. Au milieu des herbes hautes de 1,30 mètre, une portion d'herbes est couchée. Là, les ballerines d'Amandine Estrabaud sont retrouvées, posées. Il y a aussi une boucle d'oreille fantaisie, dont la fermeture semble arrachée. La seconde sera retrouvée un peu plus loin, près du tuyau d'arrosage.

Sept ans plus tard, à l'automne 2020, le procès de Guerric Jehanno s'ouvre à la cour d'assises du Tarn. À la barre, la technicienne en identification criminelle l'admet : quand le dossier est arrivé sur son bureau, elle n'était pas très contente. Trop d'éléments avaient été négligés. Certaines pièces n'avaient pas été saisies. De la lecture des lieux on pouvait déduire qu'Amandine Estrabaud et la personne qui l'accompagnait ce midi-là étaient restées peu de temps à l'intérieur de la maison. Tout y était trop net. Mais l'herbe couchée, les ballerines retrouvées et la boucle d'oreille arrachée dans le jardin disaient qu'il s'était produit quelque chose à l'extérieur. Mais quoi ? Pas de sang. Pas de traces. Pas d'ADN. Pas de corps. Mais une témoin.

Mme Bertrand, la voisine d'Amandine Estrabaud, l'a vue rentrer chez elle, la veille. Elle est tout de suite entendue. Ce mardi, il faisait chaud. De retour chez elle après le travail, Mme Bertrand avait ouvert ses fenêtres en grand. Dans le hameau de Cantegaline, les murmures de la campagne sont plus nombreux que les bruits humains. Mme Bertrand avait entendu un véhicule rouler sur le chemin. Depuis sa fenêtre, elle avait vu un vieux fourgon blanc ancien modèle, celui avec les angles carrés, se garer devant l'allée de la maison d'Amandine.

Mme Bertrand avait alors vu Amandine sortir par le côté passager, se diriger vers sa porte d'entrée, puis lever un genou sur la marche du perron pour fouiller son sac, à la recherche de ses clefs, avant de pénétrer à l'intérieur de la maison. Un homme était avec elle. Mme Bertrand le décrit comme étant de la même taille qu'Amandine Estrabaud, charpenté, cheveux châtain clair ni trop longs ni trop courts, et vêtu d'un de ces pantalons d'artisan gris avec une bande verticale orange. Amandine ne paraissait pas inquiète ni stressée. L'homme l'avait suivie à l'intérieur. Mme Bertrand avait pensé : « Tiens, elle continue de déménager... »

Elle serait la dernière à avoir vu Amandine Estrabaud en vie. Quand Mme Bertrand était partie chercher sa fille à la danse vers 18 heures, le fourgon blanc n'était plus là. Une enquête pour enlèvement et séquestration est ouverte dès le lendemain.

Cinquante-deux suspects potentiels font l'objet d'investigations. Des gendarmes de la section héliportée de Toulouse, des plongeurs, une équipe cynophile, des spécialistes des eaux et forêts sont mobilisés pour fouiller minutieusement la zone. Cela ne change rien. Amandine Estrabaud s'était comme évaporée dans la nature. Les portes se referment les unes après les autres et, un an après la disparition, pas un individu n'a été appréhendé. Jusqu'à ce jour de 2014 où une habitante de Roquecourbe entre à la gendarmerie. Irma vient signaler ce que lui a dit son fils, qui vit chez elle. Guerric Jehanno a 25 ans et travaille en tant que maçon. Il lui répète avoir senti une odeur de mort dans la forêt et qu'en allant pêcher il a vu un homme avec une pelle. Irma prévient les enquêteurs : peut-être devraient-ils attendre un peu avant d'entendre directement son fils. Guerric ne va pas bien en ce moment. Il a été licencié voilà six mois, fin 2013, et sa petite amie vient de le quitter. Il prend des médicaments et ses propos sont parfois incohérents : il est convaincu d'« avoir le sida », même s'il a passé le test et que celui-ci est négatif. Il profère beaucoup de drôles de choses, comme « Je ne suis pas un assassin » et « De toute façon, s'ils trouvent du sang sur les chiffons de la voiture, c'est celui des truites ». Mais l'odeur de mort dans la forêt et l'homme avec une pelle... Irma pense qu'avec la disparition d'Amandine Estrabaud dont tout le monde parle à Roquecourbe, et vu que personne n'a été retrouvé, cette information pourrait paraître cohérente aux enquêteurs.

« Pourquoi votre fils Guerric répète : "Je ne suis pas un assassin" ? » demande-t-on à Irma. Elle répond qu'elle n'en sait rien. Quand elle lui pose des questions, Guerric se renferme et se tait. Un an après les faits, Guerric Jehanno est entendu par les gendarmes. Il connaissait Amandine Estrabaud, c'était la sœur d'un ami à lui. On lui demande : se souvient-il de la disparition d'Amandine, peut-il donner une date ? Il répond : « Oui, c'était il y a huit ans. » Il est à côté de la plaque. Il tremble. Il transpire. Les gendarmes pensent que Guerric Jehanno a peut-être quelque chose à dire. Mais il ne dit rien de plus. Les chiffons sont analysés. Ils sont bien tachés du sang des truites. Le jour des faits, Guerric était censé travailler à Castres. La garde à vue est donc levée.

L'enquête suit son cours, lorsqu'un nouvel élément tombe. L'analyse de la téléphonie mobile révèle que, le 18 juin 2013, une livraison de béton a eu lieu sur un chantier de Roquecourbe, à 2 kilomètres de chez Amandine Estrabaud. Une terrasse, commandée à l'entreprise Chabert, où Guerric Jehanno était maçon. Contrairement à ce qu'avaient cru les enquêteurs, le jour de la disparition d'Amandine Estrabaud, Guerric Jehanno n'était donc pas à Castres, mais bien à Roquecourbe. Ses deux coéquipiers de chantier sont entendus. Ils pensent que Guerric est resté tout le temps avec eux cet après-midi-là, mais ils ne peuvent le certifier. Plus le temps passe, plus il est compliqué de certifier le déroulement d'une journée. Peut-être avait-il pu s'absenter dix minutes pour aller chercher du matériel au dépôt. Mais il y a plus troublant : l'entreprise Chabert avait à cette époque un autre chantier en cours juste à côté de chez Amandine. Les ouvriers devaient se charger des finitions la semaine suivante. Guerric Jehanno avait-il pu prendre l'initiative d'y aller plus tôt ? Pour se déplacer, les artisans de l'entreprise Chabert ont à leur disposition un fourgon blanc, un Renault Master.

Mme Bertrand est réentendue. On lui montre des photos de Guerric Jehanno. Guerric a les cheveux très courts, châtain foncé. L'homme qu'elle a vu, de dos, avec Amandine avait les cheveux plus clairs. À voix haute, elle réfléchit : « Comme il faisait beau, c'était peut-être le soleil qui faisait un reflet, ou bien la poussière dans les cheveux a pu me tromper. » Mais elle flashe sur un détail : le pantalon d'artisan de Guerric Jehanno, gris avec une bande orange.

En juin 2016, trois ans après les faits, Guerric Jehanno est de nouveau placé en garde à vue. Son discours est confus, notamment en ce qui concerne ses chantiers en juin 2013. « Il exclut tout ce qui pourrait l'amener au plus près d'Amandine Estrabaud », résume un gendarme face à la cour. Guerric Jehanno affirme : « Tout ce que je peux vous dire, c'est qu'à 17 h 30 les fourgons sont au dépôt. » Ce n'est pas le fait qu'il le dise qui semble suspect, mais le fait qu'il le dise sans qu'on lui ait posé la question. Placé en détention provisoire, il a attendu quatre ans avant d'être jugé devant la cour d'assises du Tarn. Dans le box des accusés, Guerric Jehanno nie toute implication dans l'enlèvement, la séquestration, le meurtre et le viol d'Amandine Estrabaud.

Mme Bertrand s'avance à la barre. Elle parle à nouveau de la corpulence de l'homme qui suivait Amandine Estrabaud le 18 juin 2013, et des détails qui peinent à s'inscrire dans la mémoire, quand ils sont simplement rattachés à un événement banal. Face à l'avocat général qui l'interroge, la témoin le reconnaît : elle ne pensait pas que cette affaire prendrait une telle ampleur. Roquecourbe est un petit village où tout le monde se connaît. Elle est embarrassée, dit-elle, d'être dans une affaire comme ça.

Elle parle du fourgon blanc. Après sa première audition à la gendarmerie, elle avait pris conscience d'être le témoin clef, et de l'importance de son témoignage. Sur Internet, elle avait alors visionné des dizaines de vidéos de fourgons blancs dans l'espoir de reconnaître celui qu'elle avait vu. Elle était retournée à la gendarmerie pour préciser le résultat de ses recherches : le vieux fourgon blanc garé devant la maison d'Amandine Estrabaud le 18 juin était un Renault Trafic. Le fourgon mis à disposition de Guerric Jehanno sur les chantiers était un Renault Master. Quand on le lui avait montré, Mme Bertrand avait affirmé à propos du véhicule : « Il est beaucoup trop haut par rapport à ce que j'ai pu voir. » À la gendarmerie, les enquêteurs l'avaient pressée de questions. Était-elle sûre de ne pas avoir reconnu l'homme du fourgon ? Sa tête devait bien lui dire quelque chose... Mme Bertrand avait bafouillé : « Oui, peut-être... si c'est quelqu'un du village, je l'ai forcément croisé. »

Tout à coup, Mme Bertrand s'exclame à la barre : « Cet interrogatoire n'était pas très agréable. Je comprends, c'est leur métier de faire parler les gens... mais ils voulaient absolument que je leur donne un nom. J'avais pas de nom. »

Elle avait été formelle: devant la maison d'Amandine, elle avait vu un vieux fourgon Renault Trafic blanc. La cour demande alors à l'employeur de Guerric Jehanno: « Le fourgon était-il récent ou ancien ? » Il répond : « Il avait un ou deux ans, parce qu'on s'était fait cambrioler... » Et il s'agissait bien d'un Renault Master.

Guerric Jehanno a aussi deux tatouages, un sur le bras, l'autre dans le cou. Mme Bertrand n'en avait pas parlé aux gendarmes. Il est possible qu'elle ne les ait pas vus.

En tout, elle avait été entendue sept fois. Huit, si on compte la cour d'assises. À la barre, on sent qu'il pourrait y avoir une neuvième, une dixième fois, que Mme Bertrand dirait pareil. Face à l'avocat des parties civiles, elle s'emporte: « Je n'ai jamais dit que j'avais vu Guerric. Jamais. On ne peut pas identifier une personne de dos. Je n'affirme pas que c'est lui. » Qu'en est-il de la corpulence, du pantalon ? Elle répond que oui, l'individu qu'elle a vu ce jour-là lui ressemble. Mais elle ne peut pas dire qu'il s'agissait de lui. Elle se contente de dire ce qu'elle a vu.

35

À 8 h 45, la presse se bat pour trouver des places sur les bancs. Les policiers chargés de la garde de la cour d'assises s'en mêlent, il y a quelques échauffourées et, à 9 heures, tout le monde est assis. L'audience devrait s'ouvrir d'une seconde à l'autre. À 9 h 30, la cour n'est toujours pas arrivée.

J'examine le planning. Quatre témoins sont attendus dans la journée, quatre anciens codétenus de Guerric Jehanno. L'un des noms m'interpelle. Ce matin, deux d'entre eux manquent à l'appel. Le premier s'est trompé de jour, le second refuse de venir. La cour pourrait passer outre, faire une simple lecture de sa déposition et lui donner une amende, mais son témoignage est crucial. En détention, Guerric Jehanno lui aurait fait des révélations. Alors, il y a un mandat d'amener, c'est-à-dire que les gendarmes vont chercher le témoin chez lui et l'amenènent à la cour d'assises. Les témoins qui font l'objet d'un mandat d'amener sont généralement cueillis au saut du lit, un café à la main. Quand ils arrivent à la barre, ils sont souvent agacés et en claquettes-chaussettes. Ils ne sont pas impressionnés, car souvent la justice fait partie de leur quotidien comme un caillou dans une chaussure percée. Dans la salle des pas perdus, je patiente en retournant dans ma tête le nom inscrit sur planning. Vincent G. Où ai-je déjà entendu ce nom ? Il est le dernier à passer.

Quand le premier témoin arrive enfin, le président de la cour d'assises du Tarn commence : « Vous jurez de parler sans haine et sans crainte, de dire toute la vérité, rien que la vérité. Levez la main droite et dites : "Je le jure." » Le témoin lève la main droite et dit : « Je jure de ne rien dire. » Karim n'a pas apprécié que les gendarmes viennent le chercher chez lui. Au président il explique : « Ma daronne est malade, elle est diabétique et tout... Ils ont commencé à fouiller les chambres, j'ai pas aimé. Moi je suis en formation. »

Il en a marre de la justice. Plus il se tient éloigné d'elle, mieux il se porte. Petit à petit, sa colère retombe.

Et il commence à parler. Il ne sait pas pourquoi Guerric Jehanno s'est confié à lui. Karim, en prison, était tout le temps dans les bagarres. « Si tu te laisses faire une fois, t'es mort », explique-t-il au président de la cour d'assises.

En détention, Karim s'embrouillait donc pour un rien. Il appelle ça « se faire respecter ». Il n'avait peur de rien ni de personne. Peut-être que Guerric voulait qu'il le protège, dit-il en haussant les épaules. En promenade, Guerric Jehanno lui avait raconté des choses à propos de la disparition d'Amandine Estrabaud. Ces aveux avaient ensuite fait l'objet d'une lettre, envoyée au juge d'instruction. Le président en fait lecture.

Il lui aurait arraché ses vêtements comme un animal, lui aurait donné des coups dans le ventre, dans les côtes. Il a mis le corps dans la forêt. Puis il a enterré le corps sous de la chaux. Il dit qu'il a voulu avouer, mais ses avocats ont dit qu'il serait relaxé avec 100 000 euros d'indemnité. C'est une personne sûre de lui, hautaine, si nous témoignons aujourd'hui, c'est parce qu'il pense avoir commis le crime parfait.

Nous. Qui est-ce nous ?

« Qui a écrit la lettre ? » demande l'avocat de Guerric Jehanno. Karim ne répond pas. L'avocat insiste : « Qui a écrit la lettre ? » Karim se tait. On lui pose une troisième fois la question, avec un sourire cette fois. Il finit par répondre : « Quand je parle français, vous me comprenez, non ? » Karim ne sait pas écrire. Celui qui a écrit la lettre, c'est Farid. Le deuxième codétenu.

Lors de sa déposition devant la cour d'assises du Tarn, Farid se tient accoudé à la barre. À 50 ans et avec 24 condamnations à son casier judiciaire, il connaît la maison. Farid était là quand Guerric Jehanno a raconté son histoire à Karim. On lui demande donc de répéter ce qu'il a entendu.

« Bah, qu'il connaissait Amandine, qu'il était amoureux, qu'il l'avait violée et tuée à coups de pelle. Je lui ai demandé si elle avait souffert, il m'a dit : "Je sais pas." Je lui ai demandé si elle était vivante quand il l'a enterrée, il m'a dit : "Je sais pas". » Farid persiste : « Et je me suis dit : "Et voilà ! Il va s'en sortir ! Comme Viguier !" »

(En 2000, un professeur de droit, Jacques Viguier, avait été accusé d'avoir fait disparaître sa femme, Suzanne. Pas de corps, pas d'aveux. Jacques Viguier avait été acquitté en 2010 dans cette même cour d'assises, à Albi.)

À la barre, Farid continue : « C'est pour une raison humaine que j'ai fait ça. S'il est là, c'est qu'il y a des preuves ! Moi je lui ai dit : celui qui nie, il va pas sortir plus vite que les autres… » Comme il l'avait fait remarquer à Guerric entre quatre murs : « Pour avoir fait un tour de rocade à l'envers, j'ai eu cinq ans, alors ton affaire… » Je serais prête à parier que Farid n'a pas été condamné à cinq ans pour cette seule raison, mais qu'importe. En détention, un homme ne se voit-il pas comme le seul innocent au milieu de tous les coupables ?

Des hommes, Farid en a croisé de toute sorte en prison. Il a l'expérience. Pour lui, Jehanno, « c'est un psychopathe ». S'il a fait ce qu'il dit avoir fait, c'est un malade et s'il ne l'a pas fait, aussi ; ne faut-il pas être fou pour raconter des actes pareils, alors qu'on ne les a pas commis? Encore une fois, qu'importe: dans tous les cas, Guerric est dangereux. À la barre, Farid s'adresse directement à l'accusé: « Tu seras obligé de le reconnaître! Je te dis qu'avec le temps tout remonte... L'affaire Estelle Mouzin... Tout remonte! Regarde, la famille est là, t'auras pas son pardon. Je te dis comment ça marche: faudra que tu reconnaisses, si tu veux sortir! »

Suspension d'audience: pause méridienne. À table entre journalistes, Philippe, un fait-diversier du coin, revient sur les jeux vidéo auxquels s'adonnait Guerric Jehanno du temps de sa liberté:

« Ils nous énervent, ces avocats généraux, à toujours brandir les jeux vidéo violents! Je vais vous dire: nous, à notre époque, on avait Saturnin, et on avait Fourniret! »

Le nom de Vincent G. me revient sans cesse en tête. Je suis certaine de l'avoir déjà entendu. Les nuages découvrent le soleil d'octobre. En terrasse, je ferme les yeux. Soudain, l'image apparaît dans mon esprit. Au procès de Laurent Dejean qui s'est tenu deux ans plus tôt, je revois la scène. Je revois le pli de la robe de son avocat, et lui s'emportant contre les avocats des parties civiles, une lettre à la main: « Vincent G., le même homme qui dit aussi avoir recueilli les aveux d'un homme dans l'affaire Amandine Estrabaud? Vous plaisantez, j'espère! »

Je me redresse. Vincent G. avait écrit une lettre au juge d'instruction pour lui dire que Laurent Dejean, un homme clamant son innocence et dont les preuves de la culpabilité faisaient défaut, s'était confié à lui. Tout comme Guerric Jehanno. Il demandait, en échange de ses informations, une remise de peine. «Je vous promets, écrivait-il, si vous me laissez partir avec mon véhicule, je serai à votre disposition. Maintenant, c'est vous qui voyez. Vous avez toute mon attention.» L'avocat de Laurent Dejean savait que Vincent G. était le même homme dans les deux affaires parce qu'il était aussi l'avocat de la famille Estrabaud. Il est le seul à connaître les deux dossiers. Dans une heure, Vincent G. passera à la barre et récitera sa petite musique, sans que cette fois personne se lève pour y couper court. Les avocats de Guerric Jehanno ne sont pas au courant du dossier Dejean. Je me lève et attrape le téléphone dans la poche arrière de mon jean. Je pense : *décroche, décroche, décroche.*

«Ah, Costa, justement, je pensais à toi. Qu'est-ce qui t'arrive?» répond Mathieu.

Sa voix résonne dans l'habitacle de sa voiture. En fond sonore, j'entends la route. Je lui raconte tout: la disparition d'Amandine Estrabaud, Guerric Jehanno, les codétenus, Vincent G. et la scène lors du procès de Laurent Dejean.

Je lui demande: «Qu'est-ce que je dois faire?

– Merde. Attends, je réfléchis.

– Qu'est-ce que tu ferais, toi? Tu préviendrais les avocats de Guerric Jehanno?

– Tu n'es pas à l'abri d'être prise à partie durant l'audience. Imagine, l'avocat de Jehanno se lève après la déposition du témoin et pointe son doigt vers toi en criant: "La journaliste qui est là m'a tout dit!", et là on te fait citer à la barre... Tu sais qu'ils en sont capables.

– Mais le combat n'est pas à armes égales. C'est une information qu'ils n'ont pas. Ils doivent bien avoir un moyen de l'évoquer à l'audience sans moi.

– Oui, c'est leur boulot, mais comment ils vont faire, tu crois ? »

Je préfère ignorer sa question.

« Tu leur dirais, Mathieu. Je sais que tu le ferais.

– Tu as raison. Je leur dirais. »

36

À l'origine, il y a un petit souvenir grave, c'est-à-dire un événement flottant dans un coin de ma tête parce que d'autres que moi ne pouvaient pas se permettre de l'oublier. Je devais être enfant quand ma mère me l'a raconté. Dans son lit, un bébé avait été retrouvé sans vie. Mort subite du nourrisson. Ma mère avait tout de suite voulu rendre visite à son amie. Les gens l'avaient dissuadée de le faire. Il fallait la laisser tranquille, disaient-ils. Et puis, qui aurait envie d'aller dans une maison où venait de mourir un enfant ? C'était « glauque ». Mieux valait se tenir éloigné de ces choses-là. Ma mère était jeune, sans enfants. Elle a songé : les autres ont sûrement raison. Dans la petite ville du Nord où nous habitions, les hirondelles m'enseignaient les saisons. Elles disparaissaient quand il fallait gratter le givre sur le pare-brise le matin, et réapparaissaient au-dessus des champs, volant jusqu'aux granges des fermes, les premiers après-midi où la fenêtre de ma chambre pouvait rester ouverte. En haut des étagères du cagibi, cachés dans des sacs en papier, il y avait toujours des cadeaux de naissance achetés en soldes, car, aussi sûr que le retour des hirondelles au printemps, il y avait les bébés venant au monde. L'amie de ma mère eut d'autres enfants. Un jour où ma mère était chez elle pour le café, il y eut un silence. L'amie dit: « Ce qui a été le plus dur, avec la perte du bébé, c'est que plus personne ne venait chez nous. » Il n'y avait aucun reproche dans le son de sa voix. Ce souvenir l'avait simplement traversée, à la manière des mauvais souvenirs. Cette anecdote était une recommandation: « Fais ce qu'il te semble juste. »

Ainsi, l'histoire de l'enfant mort, la solitude de sa mère et la culpabilité de la mienne se sont agrippées à moi et ont poursuivi leur ascension comme le lierre sur les murs.

37

Au loin, j'aperçois la minuscule silhouette de l'avocate de Guerric Jehanno. Juchée sur ses hauts talons rouges, elle remonte la rue seule, une cigarette aux lèvres. J'attrape mon sac et prends une rue de traverse. Arrivée à sa hauteur, je lui lance un sourire.

« Maître, je peux vous poser une question ?

— Bien sûr. Ça reprend à quelle heure, 14 heures ?

— C'est ça. Je voulais vous demander: que pensez-vous du codétenu qui doit passer à la barre tout à l'heure, Vincent G. ?

— Eh bien, commence-t-elle sur un ton d'avocate face à un micro imaginaire, la justice sait que...

— Laissez-moi reformuler : que pensez-vous du fait que Vincent G. soit aussi le codétenu présent dans le dossier Laurent Dejean, accusé dans l'affaire de Patricia Bouchon ? »

La bouche entrouverte, elle croise les bras sur sa poitrine.

« Je ne... Que voulez-vous dire ?

— Vincent G. est le même codétenu qui a écrit au même juge d'instruction pour donner des informations sur Laurent Dejean, en échange d'une remise de peine, alors que celui-ci a toujours clamé son innocence. Comme Guerric Jehanno.

— Vous avez suivi les deux affaires ?

— Oui. Mais bien sûr, vous le saviez déjà, pour Vincent G.

— Bien sûr. C'est une information très importante. Il me reste peu de temps. Vous m'aidez beaucoup. Merci, à tout à l'heure. »

« Il avait une grosse clef de chantier là, vous savez ? raconte Vincent G. à la barre. Il lui a mis un coup de clef dans la tête [...] »

Dans la version de Vincent G., ou livrée à Vincent G., le sordide atteint un palier supplémentaire. Dans sa lettre au magistrat instructeur, l'ancien codétenu expose les détails crus, anatomiques, d'un viol, tels que racontés par Guerric Jehanno. Guerric lui a ensuite dessiné un plan de Roquecourbe, avec une croix pour marquer l'emplacement du corps d'Amandine Estrabaud. Le plan du village, projeté sur les écrans de la cour d'assises, correspond à la réalité. Tout y est : la rivière, les vaches, le chantier de granit et les maisons du hameau. Les gendarmes ont fouillé la zone indiquée sur le plan. Ils ont même étendu leurs recherches plus loin. Mais sous la couche d'humus, ils n'ont trouvé rien d'autre que des racines, de la terre et des champignons.

Dans le box des accusés, Guerric dit que ce plan lui fait de la peine. Pour la mère d'Amandine. Parce qu'il a tout inventé. Il ne sait pas où est sa fille. La croix, c'était juste là où il aimait aller à la pêche et aux champignons. Guerric Jehanno a peu de mots, à vrai dire. Quand on lui pose une question, son corps tout entier se fige, et ne sort de sa bouche qu'un faible « Je ne sais pas ».

Les cours d'assises détestent les « Je ne sais pas ». Elles n'ont pas attendu quatre ans, à missionner des psychologues et des psychiatres, pour rien, pour récolter quelques lâches « Je ne sais pas. »

Les experts psychiatres qui ont rencontré Guerric Jehanno disent de lui qu'il a un raisonnement structuré, mais des acquisitions faibles, une certaine pauvreté du langage et un grand manque d'affirmation de soi. Qu'il est anxieux, inhibé et a peu confiance en lui. L'une des rares fois où Guerric Jehanno s'exprime face à la cour, il explique avoir eu très peur de la prison à son arrivée. Dès qu'il a posé un pied dans sa cellule, son codétenu lui a dit et répété : « Si t'es là, c'est que t'es coupable, ça peut être que toi. Dis-nous où tu l'as enterrée, où tu l'as cachée. » Vincent G. le frappait, des coups de poing dans le torse, lui « mettait la pression ». Avec les autres codétenus, cela ne se passait pas beaucoup mieux. Guerric Jehanno évitait de sortir en promenade pour être tranquille. Il est aujourd'hui au quartier des vulnérables, le quartier de la prison réservé aux violeurs.

Les témoins qui ont croisé Amandine Estrabaud pour la dernière fois, le 18 juin 2013, ont tous donné une description différente de sa tenue, de la couleur de sa jupe aux ballerines, en passant par le sac. En quittant son travail, certains de ses collègues l'ont vue partir à droite, d'autres à gauche. Si l'on devait raconter cette affaire à quelqu'un qui ne la connaît pas, on aurait bien du mal à décrire ce qui s'est passé. Quelle était la nature des faits ? Un meurtre qui « suit, accompagne ou précède un autre crime » ? Où était-ce ? Quand, à quelle heure, et combien de temps cela a duré ? Comment Amandine Estrabaud avait-elle trouvé la mort ? Avec quelle arme ? Pourquoi était-ce arrivé ?

Pour Karim et Farid, les deux codétenus de la promenade, tout s'est passé dans le fourgon. Pour Vincent G., dans la forêt. L'un croit savoir qu'Amandine Estrabaud a été tuée à coups de poing, l'autre à coups de pelle, et le dernier jurerait que c'est à coups de clef à molette. Son corps aurait été jeté dans un lac, selon une version, ou enterré sous 1,50 mètre de terre, dans une autre. L'intégralité de la procédure tient sur des « on-dit ». C'est pitoyable. Dans le box, l'accusé me rappelle la personnalité de Joan Gamiochipi. Un type un peu trop jeune, un peu trop apeuré, qui préfère encore se vanter de faits ignobles que d'être une proie facile.

En l'absence d'indices matériels tangibles, les témoignages des codétenus sont une aubaine. Ce ne sont que des voix et pourtant, à travers ces voix, il est possible de visualiser un scénario. Ce qui compte n'est plus ce qui est prouvé, mais ce qui est crédible. Et l'horreur absolue est plus crédible que l'inconnu. L'inconnu, le fait de ne pas savoir, est si intolérable qu'on n'est pas en état de l'envisager ; là où l'horreur absolue s'imprime dans le cerveau jusqu'à ne plus s'en détacher. À la fin de la déposition de Vincent G. à la barre, les avocats de Guerric Jehanno se lèvent. Un instant, je me dis qu'ils vont faire ce que m'a dit Mathieu. Ils vont brandir un doigt dans ma direction. Mais ce n'est pas ce qu'ils font.

« Monsieur G., connaissez-vous Laurent Dejean ? » interroge l'avocat.

Sans sourciller, Vincent G. attend la suite de la question. « Vous arrivez dans la même cellule que Jehanno et que Dejean, dont l'affaire est instruite en même temps par le même juge, et là vous commencez à prendre des notes », poursuit l'avocat. Il se met alors à lire la lettre, versée au dossier, où Vincent G. mentionne le surnom de Laurent Dejean, « Loul », et parle de sa Clio blanche. C'était une seule et même lettre.

Le président de la cour d'assises lance un regard noir vers les bancs de la défense : « On ne juge pas l'affaire Dejean, elle sera jugée en avril, en appel, par moi. »

L'avocat de Guerric Jehanno tente de protester, en vain. L'avocat de la famille d'Amandine se lève : « Monsieur G., M. Jehanno vous a bien dit qu'il avait tué et violé Amandine ?

– Oui.

– Il vous a fait un plan ?

– Oui. »

Un goût amer me parcourt la langue. Je n'arrive plus à suivre le fil de mes pensées. Je revois le sourire goguenard de ce journaliste de la presse locale qui, il y a des mois, m'avait dit : « Ah ! C'est toi qui crois que l'affaire de la joggeuse de Bouloc, c'est une erreur judiciaire ! » Je m'étais sentie stupide. « S'il l'a vraiment fait, alors tu as raison de me trouver ridicule..., avais-je argué. Mais si ce n'est pas lui ? » Quelle est la probabilité qu'un tel doute m'envahisse par deux fois ? Je me revois en haut du volcan enneigé, face au silence du paysage blanc. L'avais-je rêvé ? Étais-je la seule à voir ce que je voyais ? Un sentiment de malaise remonte le long de ma gorge. La justice n'est-elle pas là pour empêcher les hommes de devenir fous ? Après la suspension, la cloche de la cour d'assises sonne pour annoncer la reprise de l'audience. Je me lève, mécaniquement. L'avocat général entame ses réquisitions. Il retrace un scénario du 18 juin 2013 entièrement conjugué au conditionnel. Sur les bancs de la presse, un confrère se penche vers moi. C'est son deuxième procès d'assises. Il me souffle : « Tu entends ? C'est dingue. »

38

Dehors, la lune brille sur la cour d'assises du Tarn. Dans la salle des pas perdus, journalistes, public et familles attendent le verdict. Adossée à la machine à café, je bois mon énième thé fade de la journée en repensant aux derniers mots de Guerric Jehanno : « Mesdames et messieurs les jurés, je suis innocent. Le 18 juin, je travaillais. J'étais sur le chantier. Et à 17 h 30, je suis rentré chez moi. » Une femme, vêtue d'un ensemble fleuri, s'avance vers moi. Elle me rappelle ma mère plus jeune. Tout au long des dix jours d'audience, je l'ai croisée au café jouxtant le palais, dans les couloirs et sur les bancs des parties civiles. J'ai compris qu'elle était une amie de la famille Estrabaud.

« Vous qui êtes journaliste, qu'avez-vous pensé du procès ? » me demande-t-elle.

Je souris : « Je ne suis pas sûre que ma réponse vous convienne.

– Dites-moi. Vous pouvez me le dire.

– Vous êtes une amie de la famille ?

– Moi, je peux vous le dire., murmure-t-elle en hochant la tête. Je pense que c'est une erreur judiciaire. Je pense que ce n'est pas lui. Guerric Jehanno n'a rien fait. »

Je la regarde, interdite.

« Vous en avez parlé avec la famille ?

– Oh non, à eux je ne peux pas. Vous avez vu leur tristesse. Je ne peux pas. »

Du coin de l'œil, j'observe la mère et le frère d'Amandine Estrabaud. Depuis le début du procès, ils arborent le même visage. Un visage délavé par le chagrin, comme si des torrents de larmes avaient nettoyé tout le reste. Anesthésiés par la douleur, ils bougent à peine. Ils espéraient tant que Guerric Jehanno parlerait.

« Il faut réaliser qu'il y a une famille ! Cette famille ne sera jamais tranquille tant qu'elle n'aura pas de corps.

Alors, défendez-vous, avait intimé le président de la cour d'assises à Guerric Jehanno.

— Bah oui, mais... si c'est pas moi...

— Vous comprenez que c'est très difficile ? C'est terrible pour une famille de ne pas avoir de sépulture. Vous, vous pouvez aller sur la tombe de votre père, vous comprenez ? »

Le président ne cachait plus son agacement.

« Oui... oui je comprends, avait bafouillé Guerric Jehanno. Mais si c'est pas moi, je peux pas dire où elle est ! J'ai du mal à exprimer, mais... »

Il avait laissé sa phrase en suspens et c'était assis, abattu. Il espérait tant qu'on le croirait.

Les psychiatres expliquent souvent le refus de parler par la notion d'« effondrement psychique ». Les tribunaux sont remplis d'accusés criant leur innocence : ils la crient même lorsque le lieu du crime est couvert de leur ADN, et même si leurs empreintes digitales sont retrouvées directement dans le sang de la victime. Ils la crient plus fort encore en livrant des explications alambiquées et des justifications sans queue ni tête que nous autres, pauvres mortels, ne pouvons de toute évidence pas appréhender. Bien sûr, en réagissant de la sorte, ils espèrent échapper à la sanction pénale. Mais il arrive que des accusés clament leur innocence pour une autre raison : eux-mêmes. S'ils venaient à admettre ce qu'ils ont fait, disent les psychiatres, ils risqueraient l'effondrement psychique. Réaliser ce qu'ils ont commis ou ce qu'ils sont leur serait si insupportable qu'ils ne s'en relèveraient pas. Mais si l'effondrement psychique menace les hommes et les femmes dans le box des accusés, ne menace-t-il pas tous ceux en dehors ?

Je me tourne vers la dame dans son imprimé fleuri et la remercie. Mes pensées sont plus ordonnées, maintenant. Je ne suis convaincue ni de la culpabilité ni de l'innocence de Guerric Jehanno, pas plus que je ne le suis de celles de Laurent Dejean. Je ne suis sûre de rien, si ce n'est que la justice est à notre image, humaine et faillible.

Au terme de quatre heures de délibéré, Guerric Jehanno est condamné à trente années de réclusion criminelle pour le viol et le meurtre d'Amandine Estrabaud. Son corps n'a jamais été retrouvé.

39

Trois ventilateurs ont été répartis à l'intérieur de la cour d'assises. À Bordeaux, la brise d'Atlantique ne suffit pas à rendre la chaleur du mois de juillet plus supportable. Me Laurent Boguet éponge la sueur de son front. À la barre, son client, M. C., raconte ce qui lui est arrivé. Au cours de l'été 2015, quatre vieux braqueurs l'ont kidnappé. Durant sept semaines, ils ont fait un *road trip* en camping-car à travers l'Espagne, où M. C. devait acheter des lingots d'or et retirer de l'argent pour payer sa propre rançon. Jamais il n'a vu leurs visages. L'un d'entre eux, celui qui avait le plus de violence dans la voix, s'occupait de lui.

« Il m'a proposé de jouer aux échecs. Pour jouer, il m'a autorisé à enlever mon masque sur les yeux. Il a gardé sa cagoule toute la partie. Il fumait cigarette sur cigarette pour se concentrer. Il a remporté toutes les parties. Je n'osais pas gagner », se souvient l'homme de 50 ans à la barre. Une fois libéré et ramené à la maison par ses ravisseurs, M. C. n'avait rien dit. Devant les enquêteurs, il avait émis le souhait de ne pas porter plainte. Il semblait atteint d'un syndrome de Stockholm.

Au milieu de sa longue déposition, le président de la cour d'assises propose à l'assemblée de faire une pause. Suspension d'audience. Je me lève pour sortir, espérant sentir l'air sur ma peau une fois dehors. Sur les premiers bancs, un jeune gendarme me lance un regard franc. Il pointe un doigt vers moi. « Excusez-moi, vous travaillez pour qui ? C'est bien vous qui avez écrit sur l'affaire Dejean ? » Quand un gendarme vous pose une question, le mieux que vous ayez à faire est d'y répondre avec bonne humeur. Il me dit : « Très bien, je vais lire ça », et il s'en va d'un air mystérieux. Je me demande où il a entendu mon nom. À l'extérieur, l'air est lourd et poussiéreux.

Je ne le vois pas de suite en entrant dans la salle d'audience le lendemain matin. Frédéric Aüllo, le directeur d'enquête dans l'affaire Dejean, a aussi travaillé sur l'affaire de M. C. et des quatre braqueurs. Dès qu'il m'aperçoit, il enlève son képi et se dirige droit vers moi. Ma respiration se coupe, comme à son habitude. Il me tend la main, un large sourire barrant son visage : « Je suis content de vous voir ici, vous savez, j'ai recommandé vos articles à toute la brigade. »

En silence, je l'observe un instant. Un mélange d'hésitation et d'embarras me traverse. Je me fais la réflexion qu'il ne les a pas lus. Sinon, il saurait ce que je pense vraiment de l'affaire Dejean. Qu'ils n'ont peut-être pas attrapé la bonne personne. Que je doutais assez pour l'acquitter. Avant qu'un son ne puisse sortir de ma bouche, l'enquêteur Aüllo lit dans mes pensées : « Bon, mais je vous le dis : on a le bon gars. » Il les avait donc vraiment lus. Frédéric Aüllo me fait un petit signe de tête : « J'ai aimé vous lire. C'était bien, pas un truc en quelques lignes comme les autres, non. Vous, vous avez mis tous les détails. Tout ce qu'on a vécu. »

Instinctivement, je porte la main à mon nez. La chaleur et la fatigue cumulées provoquent de drôles de réactions. Mais il n'y pas de sang. Je sens ma respiration.

Tous les chroniqueurs judiciaires et faits-diversiers, peu importe le journal pour lequel ils travaillent, ont droit à cette question : « Comment tu fais pour dormir la nuit ? » La question arrive si souvent qu'il m'a fallu trouver une réponse simple. Elle m'a été donnée par un médecin légiste. Lors d'un procès pour des faits particulièrement cruels, le médecin légiste a passé une heure à énumérer les lésions retrouvées sur le corps de la victime. Il s'est échiné à ne pas employer de vocabulaire trop médical, mais la vulgarisation a ses limites. Elle devient vite très imagée. Gêné, le médecin lâche à la barre des mots comme *putréfaction avancée*, *magma cérébral* et *jus verdâtre*, avant de s'en excuser aussitôt. Quand il en a terminé, un bref silence parcourt le tribunal. « Comment fait-on pour réaliser une telle autopsie ? » lui demande enfin le président de la cour d'assises. Et de préciser : « Le bruit, les images, et les odeurs... ça doit être insupportable. » Le médecin légiste esquisse alors le sourire de ceux qui se sont vu poser la question des milliers de fois. À la barre, il hoche simplement la tête. « C'est vrai, reconnaît-il. Le bruit et les odeurs ne sont pas une partie de plaisir. Mais on le fait pour une cause plus grande. »

À tous ceux qui me posent la question je parle des insomnies, des pensées intrusives et autres angoisses irrationnelles qui me rendent visite la nuit. J'ajoute : « On le fait pour une cause plus grande. » Aider à comprendre. Mais est-ce vraiment la raison ?

Longtemps, je m'étais demandé pourquoi ma scoliose, qui n'avait pas de *raison d'être*, était tout de même là. Pourquoi j'avais porté deux corsets jour et nuit et eu d'innombrables rendez-vous chez le kiné, alors que, dit-on, une scoliose idiopathique ne se stabilise de toute façon jamais. Jusqu'à cet examen de routine chez ma dermatologue. À la fin de la consultation, elle avait plongé ses yeux dans les miens : « Les gens demandent toujours pourquoi. Ils me demandent : qu'est-ce que j'ai fait pour avoir ceci, ou cela ? Cela ne sert à rien de se tourmenter avec cette question. Parfois, les choses arrivent sans raison. » Je ne lui avais parlé de rien. Peut-être qu'à force d'explorer à la loupe la peau des gens on finit par connaître leurs secrets.

Peut-être avais-je choisi ce métier parce que c'était une spécialité comme une autre. Mais mois après mois et année après année, j'avais passé tant de temps à écouter la noirceur des âmes, à décortiquer des dossiers criminels et à vider l'encre de mes stylos sur mon carnet que je savais que je cherchais autre chose. Il fallait avoir une certaine foi pour se moquer de son propre sommeil et continuer. Ce n'était pas la foi en un Dieu Tout-Puissant, mais en les hommes. Dans cette poignée de main du directeur d'enquête, je sais, aussi, que c'est la foi en la nuit. La nuit ne nous est pas hostile. Tôt ou tard, les étoiles éclairent le ciel.

Dans la Bible hébraïque, il y a ce mot : *nèshèph. Nèshèph* se trouve dans le livre de Job, au chapitre 24, qui débute ainsi : « Pourquoi les temps des représailles ne sont-ils pas réglés par le Tout-Puissant, et ses fidèles ne voient-ils pas se lever ses jours de justice ? » Je crois que cela veut dire : pourquoi les coupables ne sont-ils pas punis sur terre, et les innocents reconnus comme tels ? Au verset 15 apparaît le mot *nèshèph*. Dans la plupart des traductions, *nèshèph* est devenu le « crépuscule ». Mais ce n'est pas tout à fait exact. *Nèshèph* ne décrit ni le soir ni la nuit noire, mais l'instant où les étoiles apparaissent. C'est un instant incertain : jour après jour, et saison après saison, on ne peut prédire quand il arrivera. On sait juste qu'il arrivera. Le mot se retrouve d'ailleurs une seconde fois, dans les Psaumes, pour désigner un instant identique, celui entre la fin de la nuit et l'aube. Celui où l'on attend que le soleil et la promesse d'une nouvelle journée apparaissent enfin. Alors, j'attends. Dans la nuit, j'attends le *nèshèph.* J'attends la lumière.

BIBLIOGRAPHIE SUBJECTIVE

À l'âge de 4 ans, j'avais la permission d'emporter un de mes livres préférés à l'école maternelle. C'était un minuscule livre à la couverture vert sapin et aux tranches dorées. Aux récréations, je le sortais de ma poche et annonçais, en le brandissant devant mes camarades : « Je vais vous raconter une histoire ! » Alors ils s'asseyaient près de moi et écoutaient, persuadés que je savais lire. Le minuscule livre était écrit en allemand. Pour me faire pardonner cette mise en scène, voici une liste de livres (en français) qui m'ont appris et encouragé à raconter les autres points de vue. Certains sont des romans, d'autres des biographies et quelques-uns des essais ou des nouvelles.

Dorothy Allison, *L'Histoire de Bone*, trad. Michèle Valencia, 10-18.

Truman Capote, *De sang-froid*, trad. Raymond Girard, Gallimard.

Emmanuel Carrère, *L'Adversaire*, P.O.L.

Raymond Carver, « Cathédrale », nouvelle de *Les Vitamines du bonheur*, trad. Simone Hilling, L'Olivier.

Jennifer Clément, *La Veuve Basquiat*, trad. Michel Marny, Christian Bourgois éditeur.

Alice Dieudonné, *La Vraie vie*, L'Iconoclaste.

Joan Didion, *L'Année de la pensée magique*, Grasset.

Francis Eustache, *Mémoire et émotions*, avec la contribution de Hélène Amevia, Catherine Thomas-Antérion, Jean-Gabriel Ganascia, Le Pommier.

Romain Gary, *La Vie devant soi*, Gallimard.

Ondine Millot, *Les Monstres n'existent pas*, Stock.

Jean-Yves Moyart, *Le Livre de maître Mô*, Les Arènes.

Ken Kesey, *Vol au-dessus d'un nid de coucou*, trad. Michel Deutsch, révisée par Virginie Buhl, Stock.

Sue Klebold, *Columbine*, trad. Marie-Hélène Sabard, Robert Laffont.

Agota Kristof, *Le Grand cahier*, éditions du Seuil.

Janet Malcolm, *Le Journaliste et l'assassin*, trad. Lazare Bitoun, J'ai lu.

Antonio Moresco, *La Petite lumière*, trad. Laurent Lombard, Verdier.

Harper Lee, *Ne tirez pas sur l'oiseau moqueur*, trad. Isabelle Stoïanov, Grasset.

Stewart O'Nan, *Speed Queen*, trad. Philippe Garnier, L'Olivier.

Ivan Repila, *Le Puits*, trad. Margot Nguyen Béraud, Denoël.

Christiane Rochefort, *Les Petits Enfants du siècle*, Le Livre de Poche.

François Saint-Pierre, *Au nom du peuple français*, Odile Jacob.

Bernhard Schlink, *Le Liseur*, trad. Bernard Lortholary, Gallimard.

Lionel Shriver, *Il faut qu'on parle de Kevin*, trad. Françoise Cartano, J'ai lu.

Dominique Simonnot, *Coups de barre*, Seuil.

Andy Weir, « L'Œuf », nouvelle de *The Egg and Others Stories*, traduction disponible gratuitement en ligne.

Daniel Zagury, *La Barbarie des hommes*, L'Observatoire.

Stefan Zweig, *Le Joueur d'échecs*, trad. Brigitte Vergne-Cain et Gérard Rudent, Le Livre de Poche.

AUX ÉDITIONS MARCHIALY

Jake Adelstein,
Tokyo Vice
Le Dernier des yakuzas
J'ai vendu mon âme en bitcoins

Cristian Alarcón,
Que ma mort soit une fête

Sinar Alvarado,
Portrait d'un cannibale

Noé Álvarez,
10 000 km

Jorge Enrique Botero,
Attends-moi au ciel, capitaine

Sebastian Castelier et Quentin Müller,
Les Esclaves de l'homme-pétrole

Jean-Charles Chapuzet,
Mauvais plan sur la comète
Du bleu dans la nuit

John Danalis,
L'Appel du cacatoès noir

Timothée Demeillers et Grégoire Osoha,
Voyage au Liberland

Sonia Faleiro,
The Good Girls

Armand Gatti,
Envoyé spécial dans la cage aux fauves

Manon Gauthier,
Les Pièces manquantes

Alma Guillermoprieto,
La Révolution, la danse et moi

Allison Hoover Bartlett,
L'Homme qui aimait trop les livres

Kirk Wallace Johnson,
Le Voleur de plumes

Kapka Kassabova,
Lisière
L'Écho du lac

Jay Kirk,
Esquive le jour

Raphaël Krafft,
Les Enfants de la Clarée

Jessica J. Lee,
Deux arbres, une forêt

Romain Lescurieux et Antonin Vabre,
La Montagne inversée

Karim Madani,
Jewish gangsta
Tu ne trahiras point

Raphaël Malkin,
Le Rugissant
Lieutenant Versiga

Juan Pablo Meneses,
La Vie d'une vache
Le Prodige
Un dieu à soi

Miguel Prenz,
La Guerre des dinosaures

Evan Ratliff,
Disparaître dans la nature

Alberto Salcedo Ramos,
L'Or et l'Obscurité

Anjan Sundaram,
Kinshasa jusqu'au cou
Bad News

Taina Tervonen,
Les Fossoyeuses
Les Otages

Titaÿna,

Une femme chez les chasseurs de têtes

Les Ratés de l'aventure

Simon Worrall,

Le Faussaire de Salt Lake City

Ce livre est le quarante-deuxième ouvrage à rejoindre les étagères Marchialy. Il inaugure la nouvelle typographie Cheltenham Marchialy créée par Martin Violette, qui est une refonte du caractère historique Cheltenham. Ce revival a été inspiré par l'une de ses premières occurrences en langue française dans l'édition de 1920 d'*À l'ombre des jeunes filles en fleurs* imprimée en typo plomb. La typographie utilisée pour le titre et les numéros de chapitres est le Placid, elle a également été réalisée par Martin Violette.

Mise en pages : Studio Abble
Dépôt légal : février 2023
Achevé d'imprimer en décembre 2022
par Aubin Imprimeur
Numéro d'impression 2209.0051
Imprimé en France ISBN :
978-2-38134-039-5